VOYAGE
AVEC UN ÂNE
DANS LES CÉVENNES

Du même auteur
dans la même collection

Le Cas étrange du Dr Jekyll et de M. Hyde
Le Creux de la vague
L'Île au trésor
Le Maître de Ballantrae

STEVENSON

VOYAGE AVEC UN ÂNE DANS LES CÉVENNES

Traduction
par
Léon Bocquet

Présentation
par
Gilles Lapouge

Bibliographie mise à jour en 2013
par
Lionel Menasché

GF Flammarion

Titre original : *Travels with a Donkey in the Cévennes*
(1879)

ISBN : 978-2-0814-1206-4

PRÉSENTATION

Stevenson, son style et l'âne

> Même parmi les bêtes, Jésus préfère celles qui s'éloignent le plus de la prudence du renard. Aussi choisit-il l'âne pour monture, quand il aurait pu, s'il l'avait voulu, cheminer sur le dos d'un lion.
>
> Érasme, *Éloge de la folie.*

Chaque voyageur a son truc : Raymond Roussel se construit une immense voiture dans laquelle il entasse un chauffeur, des provisions de drogue et deux serviteurs qui regarderont les paysages à sa place. Ulrich Brunner, pérégrin de Palestine au XVe siècle, se munit d'un lit, d'un matelas, d'un coussin, de deux paires de draps et d'une couverture. Arthur Rimbaud utilise des semelles de vent et une ceinture gonflée de huit kilos d'or. Paul Morand préfère la Bugatti ou l'avion et Valery Larbaud mobilise un wagon de l'Orient-Express pour y serrer ses douze douzaines de caleçons et de mélancolies.

Robert Louis Stevenson, quand il se met en tête d'explorer les Cévennes en 1878, a aussi un truc. Ce truc est simple comme bonjour : c'est un âne, qu'il charge de toutes les reliques dont un Écossais touristique de la fin du XIXe siècle a le besoin, dans les sombres, désertes, froides montagnes du Gévaudan ou du Velay : un revolver, un réchaud à esprit de vin, un bonnet de fourrure à oreilles, un sac de couchage, une eau-de-vie, un litre de beaujolais et un fouet pour les œufs.

L'âne de Stevenson est une ânesse, une ânesse épatante. Elle est jolie, courageuse, grise comme une souris et à peine plus grosse. Le ciel s'est penché sur le berceau de cette bête. Comme elle n'a point de vanité, Stevenson l'appelle Modestine et, par une belle aube de début d'automne, à Monastier, en Haute-Loire, le couple appareille pour le bonheur.

On sait malheureusement ce qu'il en est des grandes amours : il advient qu'elles se fanent. Quelques heures de vie commune et l'ânesse est une démone. Stevenson se conduit en voyou : il cogne Modestine, la pique au sang, ne lui sourit jamais, prend en grippe sa façon de braire, la juge stupide, déteste le dessin de ses lèvres qu'il trouvait si élégantes d'abord, lui reproche de trébucher, n'admet pas que ses jambes grêles tremblent sous elle, bref, la liaison exquise devient horrible, puis acariâtre, enfin résignée.

Stevenson aggrave son cas par son inclination au remords. Il ne peut pas frapper Modestine sans être triste, sans invoquer le dieu des bêtes, l'amour des humbles créatures, etc. S'il sévit, il fait une « ignoble besogne ». Il ajoute : « Le bruit des coups que je lui administrais m'écœurait. » Et il est d'autant plus irrité que Modestine répond au mal par le bien. L'infinie résignation des ânes, la tristesse sans fond de leurs yeux poignent Stevenson, portent sa colère au rouge et multiplient ses remords.

Conscient de sa vilenie, Stevenson se dénigre en comparant ses méchantes manières à celles d'un autre écrivain anglais, le bon Laurence Sterne qui, un siècle plus tôt, eut maille à partir, lui aussi, avec un âne. Un jour, comme il traversait Lyon, Sterne était entré en conflit avec un baudet extrêmement insolent qui refusait de bouger car il s'employait à grignoter des feuilles de navet et de chou. Or, que fait Sterne ? Il contrôle ses nerfs. « Quelle que soit ma hâte, dit Sterne dans *Vie et opinions de Tristram Shandy*, je ne puis me résoudre à frapper un âne… Je ne puis même pas lui parler rudement. » À la rigueur, Sterne pourrait se mettre en courroux contre d'autres animaux, les chats ou les chiens, mais un âne, comment le battre alors qu'avec ses grands beaux yeux désolés il vous regarde, l'air de dire : « Ne me frappe pas ; si tu veux pourtant le faire, cela t'est permis… »

Stevenson n'a pas de ces délicatesses : il hurle et gronde, quitte ensuite à battre sa coulpe, un peu comme ces personnages de Dostoïevski qui passent leur temps à se prosterner aux pieds de leurs victimes et à réclamer leur bénédiction.

Le drame qui se déroule dans les Cévennes, entre l'âne et son maître, entre les deux moitiés du centaure grotesque qu'ils composent, est à la fois choquant et très mystérieux. Stevenson n'est pas une brute. C'est un jeune homme adorable, vingt-huit ans, la séduction même, du charme, de la fragilité et des vestes de velours, du brio, de la drôlerie, de la générosité. C'était cela, la spécialité de Stevenson : dans les tavernes de Londres ou bien dans les ateliers de Montparnasse, ce grand jeune homme un peu poitrinaire et qui aimait le vin et l'opium avait en charge la tendresse, la bonté, le sourire, la simplicité – une sorte d'ange, au point qu'un vaste malentendu se forme, dès son vivant, puis dans sa mort, autour de Stevenson : la gentillesse de l'homme, la douceur de son esprit occultent l'éclat de son œuvre. Sainte-Beuve déniait tout talent à Stendhal, il ne concevait pas que ce gros type qui lâchait des mots drôles dans les salons parisiens fût un vrai romancier. De la même façon, la séduction de Stevenson a masqué son génie : « Ce bon Stevenson, pensèrent les critiques, ce garçon candide qui aime tellement les enfants, les animaux et tout le monde, comment pourrait-il être un écrivain ? »

Seul Henry James, dont le génie est si contraire à celui de Stevenson, devina que l'auteur de *L'Île au trésor* était l'un des premiers de son temps. James avait compris que Stevenson cachait son jeu : à le lire, on admire un écrivain naturel, un peintre naïf, un homme qui écrit comme les oiseaux chantent. Or, Stevenson est en vérité un artiste très volontaire, qui s'est passionnément interrogé sur les moyens de son art, sur le statut, les limites et les fonctions de la littérature. S'il y a merveille, dans Stevenson, elle s'éclaire de cette question : comment un artiste aussi lucide, aussi réfléchi, a-t-il pu préserver l'innocence de son écriture ? Mais revenons à nos ânons, ils nous aideront à débobiner ce petit écheveau.

Robert Louis ne se contente pas d'être désagréable avec son âne. Il n'a même pas la reconnaissance de l'écrivain : le voyage dans les Cévennes serait-il aussi beau si Modestine n'y avait ajouté sa science de l'imprévu, son goût pour le chocolat, ses faiblesses pour les ânes de sexe opposé, l'absurdité de ses chemins, et cette curiosité intellectuelle qui la fait entrer, avec son fourbi, dans toutes les cours de ferme ou de maison ? La preuve : quand, à Saint-Martin-du-Gard, après treize jours de disputes, le couple se sépare, c'est la fin de l'aventure. Stevenson vend son âne, regagne ses villes : sans âne, point de voyage, et le livre s'achève.

À ce moment-là, Stevenson mesure l'ampleur du drame. Il trouve enfin, mais un peu tard, des mots d'amour pour Modestine : « J'eus conscience qu'il me manquait quelque chose. J'avais perdu Modestine [...] ; mais à présent qu'elle était partie : "Ah ! quel changement pour moi !" [...] Après le premier jour, quoique je fusse souvent choqué et hautain dans mes façons, j'avais cessé de m'énerver. Pour elle, la pauvre âme, elle en était venue à me considérer comme une providence. Elle aimait manger dans ma main. Elle était patiente, élégante de formes et couleur d'une souris idéale, inimitablement menue. Ses défauts étaient ceux de sa race et de son sexe ; ses qualités lui étaient propres. Adieu et si jamais... »

Tel est le dénouement, très classique, de la romance : comme dans les bons feuilletons sentimentaux, Stevenson ne découvre les vertus de la personne aimée qu'après qu'il est trop tard. Ce livre est le compte rendu nostalgique, espiègle et repentant d'une passion défaite. Il relate, simultanément, deux voyages : le périple proprement dit dans les Cévennes et, lové à l'intérieur de ce parcours, un autre parcours, plus secret, invisible, discret, comme replié dans les méandres du premier récit, un parcours sentimental pour dire que les géographies de l'amour sont aussi rudes que les chemins escarpés des montagnes cévenoles.

Mais l'autocritique tardive de Stevenson va au-delà : en cet instant ultime, Stevenson mesure que le voyage des Cévennes n'eût pas été aussi fructueux sans la collaboration fantasque de l'âne : Modestine fut au cœur de l'atelier où l'écrivain chauffait ses cornues, mélangeait ses poudres et recueillait l'œuvre au noir. Dans ce travail alchimique qu'est l'élaboration littéraire, Modestine, n'en doutons pas, tenait le rôle de l'assistant, de l'aide, pour ne pas dire du démiurge. Elle attisait les feux sous l'athanor au fond duquel tremblaient les gouttes de l'or philosophal.

Il serait sans doute injuste de négliger l'apport de Stevenson lui-même : écrivain inspiré, il sait voir, aimer, conter les épisodes de sa microscopique épopée. C'est cependant Modestine qui donne au récit son style. Comme tous les ânes, Modestine est un maître de sagesse et un surdoué de la marche à pied. Les ânes, même modernes, savent voyager alors que les hommes, au fil des siècles, ont lentement perdu ce talent, à la fois à cause de leur savoir ethnologique, sociologique ou géographique et aussi par le perfectionnement effrayant des moyens de locomotion, automobiles, chemins de fer et avions.

Certes, s'il s'agit de se déplacer lentement pour que le voyage ait une bonne tête, on objectera que la randonnée à cheval ferait l'affaire. Objection refusée : le cheval ne vaut rien du tout, il est trop civilisé, trop docile à son cavalier, trop fougueux et, de temps en temps, il galope comme un fou.

Au contraire, l'âne a le double avantage de son extrême lenteur et de son entêtement qui, sans arrêt, déporte l'itinéraire programmé vers des lieux imprévus, sans souci de cohérence, de performance ou d'érudition. Cela, Stevenson se garde de le dire car il est rusé, il ne souhaite pas que le succès de son livre soit partagé avec Modestine. Mais la loyauté nous oblige à rendre à l'âne ce qui appartient à l'âne : le véritable auteur du voyage et du récit fut Modestine. Stevenson fut à peine le scribe, le rewriter, le « nègre » de Modestine.

L'âne et la curiosité

Ce qui énerve Stevenson, c'est que Modestine n'en fait qu'à sa tête et sa tête est baroque. Impropre à former un projet sérieux, l'âne change d'idée au bout de chaque champ et il est incertain sur ses désirs : il néglige un panorama sublime et qu'il croyait qu'il convoitait pour s'attarder, médusé, sur une touffe de chardons, une maison en ruine. Un rien le distrait de son erre. Sans dessein, il est ouvert à toutes les aventures, à l'inattendu, à l'incohérent. Un hameau lui plaît et il ne se souvient plus du village qu'il cherche. Son beau regard inconsolé magnifie le spectacle le plus banal : comme le Quichotte il voit une princesse dans une servante d'auberge. Il est de surcroît très sociable : dès qu'il aperçoit un autre âne, il va lui dire bonjour pour établir un petit commerce. Il présente par conséquent un des traits qu'Ernst Jünger relève chez les vrais aventuriers : partout à l'aise, il entre en complicité avec n'importe quel étranger. Il ne chemine point. Il dérive.

L'âne et la géographie

Modestine n'a cure de la géographie bariolée des cartes et des mappemondes. Elle compose elle-même son propre itinéraire en négligeant les grandes routes pour leur préférer les chemins médiocres et tordus. « Modestine, possédée du démon, jeta son dévolu sur un chemin de traverse et refusa positivement de le quitter. » La géographie pour l'ânesse n'est pas un carcan, une obligation imposée au touriste. Modestine considère que le voyage est une liberté, une surprise, et que l'exotisme commence à deux pas de chez soi, pourvu qu'on soit perdu. Elle invente, à mesure de sa fantaisie, la physionomie de la terre et le réseau de ses routes.

Stevenson, malgré ses grognements, est bien obligé de suivre Modestine qui a la gestion de la logistique de sorte que le circuit dans les Cévennes s'apparente à un labyrinthe : « Au sommet du Goulet, il n'y a plus de route... Une multitude de chemins de traverse campagnards conduisaient ici et là parmi les champs. C'était un labyrinthe... une route qui aurait conduit partout à la fois... ce dédale intermittent des pistes... La route a disparu... Bientôt la route se divisa, à la façon campagnarde, en trois ou quatre tronçons, etc. » On voit que Stevenson, après quelques heures, et sans même s'en rendre compte, emprunte à Modestine la règle d'or de tout voyageur un peu résolu : « Je voyage non pour aller quelque part, dit-il, mais pour marcher. »

Dans ce monde sans routes, le long de ces chemins qui vont ailleurs, nulle part et partout à la fois, le voyageur devient ce qu'il est : un égaré essentiel (« un voyageur surgit, note Stevenson, comme un évadé d'une autre planète »). C'est à ce prix que le marcheur peut explorer les coulisses d'un paysage et même découvrir des paysages qui n'existent pas. Un jour, Stevenson arrive après une longue grimpette à un lac qui ne figure sur aucune carte. L'Écossais est bien ennuyé, ne sait pas trop que faire de ce lac inexistant et puis il s'y résigne, s'en enchante enfin. N'est-ce pas la gloire et le plaisir du voyageur ? Susciter des mirages réels ; voir surgir, au coin d'un bois, les minarets d'une capitale mongole, le cortège d'une noce de la Renaissance.

L'âne et la lenteur

Jean Giono recommandait de construire des routes calculées « exprès pour aller lentement ». Modestine est du même avis. Elle possède deux dispositifs pour ralentir, dans des proportions merveilleuses, sa progression. Le premier est l'usage que nous venons de dire des sentiers de traverse, de ce que Fourier eût appelé les « anti-routes », qui joignent rien à rien. Le deuxième est son inconstance : à tout moment, elle se demande ce qu'elle fabrique là, avec ce type, elle décide de s'arrêter ou bien elle marche à si petits pas, à si jolis petits pas, qu'elle arrive à multiplier le temps par trois. Stevenson a fait le calcul : un parcours qui eût demandé une heure et demie à un homme seul, Modestine l'accomplira en quatre heures.

Marcheuse infatigable, Modestine apparaît donc bien comme le disciple de ce « passant considérable » que fut selon Mallarmé Arthur Rimbaud, un Arthur Rimbaud un peu lent. Bien des phrases de Rimbaud sont signées Modestine : « Je suis un piéton, rien de plus », et, quand Arthur raconte à sa mère et à sa sœur Isabelle la traversée à pied du Saint-Gothard : « Plus de routes, écrit-il. Rien que du blanc à songer, à toucher, à voir ou ne pas voir… » Verlaine nommait Rimbaud « le voyageur toqué ». L'expression serait convenable à l'ânesse.

La leçon de Modestine ne tombe pas dans l'oreille d'un sourd. Stevenson, soit au cours de son voyage, soit dans les textes plus théoriques qu'il donnera bientôt, fait une application frénétique de la méthode Modestine. Il explique l'infériorité du chemin de fer sur la charrette et que la lenteur fait le succès d'un vrai voyage. Certes, le chemin de fer aide à voir le paysage mais ça vous fait belle jambe, un paysage, d'autant que c'est assommant à décrire, Stevenson déteste ça, au lieu que « dans la marche à pied le paysage est tout à fait secondaire ». Oui, rien ne vaut la marche à pied qui permet de « s'incorporer de plus en plus au paysage matériel », de devenir ce paysage, un peu comme Rimbaud se voyait « l'étincelle d'or de la lumière nature ». Par la grâce de la lenteur, des images confuses, minuscules, tremblées ou inaperçues, presque interdites ou bien cachées depuis le début du monde ont le loisir de se déposer sur la rétine, de se déployer, de faire les quatre cents coups et les trois mille couleurs : « Nous exposons notre esprit au paysage comme nous exposerions la plaque sensible dans l'appareil photographique. »

L'enseignement de Modestine ne concerne pas que Stevenson. Notre époque serait avisée de l'entendre, d'en goûter la justesse car enfin, que sont nos voyages devenus dans notre siècle énervé, obsédé de vitesse, et voué à l'instantané, au Polaroid et au fax ? Je me lève à cinq heures du matin, je suis à Orly à sept heures, à Goa dans l'après-midi : je ne me suis pas déplacé. L'avion nous a roulés dans la farine. Sous couleur de nous offrir le monde, il le confisque : l'avion a créé un nouveau mode de déplacement, le voyage immobile, le néant du voyage. L'avion est un grand massacreur d'exotismes : il en rapporte les dépouilles naturalisées et les scalps.

Chaque fois que j'emprunte le TGV, je me rappelle 1945. Les trains ne s'étaient pas encore remis de la guerre, un tas de ponts étaient cassés et j'ai pâti trente-sept heures dans un wagon pour joindre Aix-en-Provence à Paris. Le beau voyage ! Il est vrai que je m'étais ennuyé comme un rat mort mais on sait que l'ennui est l'un des ingrédients les plus précieux de tout voyage. C'est dans les plages mortes du temps, quand je me maudis d'avoir quitté Paris pour aller faire l'idiot dans une Amazonie décourageante, que le monde déploie ses splendeurs et se referme sur ses énigmes. L'ennui et l'exotisme avancent main dans la main.

L'âne et l'ignorance

Ce n'est pas Modestine qui songerait à étudier les mœurs, les mentalités ou l'histoire des pays qu'elle traverse. Si elle montre une curiosité ardente pour les choses inutiles, un talus, un buisson, un arbuste, elle demeure passionnément insensible à ce qui fait les choux gras des voyageurs modernes : les guides bleus ou les Baedeker, les monuments historiques, les règles sociales, les structures élémentaires de la parenté, la circulation des femmes, les citations de Tavernier, de Vasco de Gama ou de Jean de Léry, etc. Modestine est si décidément inculte, si rebelle à toute érudition que la première réaction de Stevenson est sévère. Il incline à penser que cette ânesse est un âne mais, à force de déboires, il évolue et finit par soupçonner que Modestine est peut-être un peu intelligente.

Stevenson pourtant répugne à appliquer la règle du « non-connaître » et « non-comprendre » que Modestine prescrit. Il a la rage d'analyser le pays qu'il explore. Les critiques littéraires soulignent avec raison l'intérêt sociologique du voyage dans les Cévennes. Celui-ci ouvre une lucarne sur une contrée reculée du XIXe siècle, rarement visitée et moins dépeinte encore. Stevenson qui a fait de bonnes études (avocat, ingénieur…) disserte volontiers sur les mentalités, sur les relations des paysans avec le temps, sur leur sociabilité, etc. Il nous assène même un cours d'histoire et narre par le menu la guerre que Louis XIV a faite aux Camisards. Convenons donc qu'il n'a pas suivi les conseils et l'exemple de Modestine. Comme tous les voyageurs, hélas, il fait un peu l'instituteur. Il nous instruit. On se permet de le regretter et de proposer que Modestine l'emporte sur son maître : cette ânesse applique rigoureusement « Les préceptes du pérégrin » formulés en 1747 par Izhak de Lodz : « Je ne voyage pas pour connaître un pays mais pour l'ignorer un peu plus, non pour le posséder mais pour le perdre, et je me perds. »

Ainsi ce livre nous présente-t-il avec clarté les deux grandes manières de voyager : d'un côté, l'exotisme traditionnel, illustré par Hérodote, Ibn Battuta, Ruysbrouck ou Plan Carpin, Malinovski, Lévi-Strauss et Segalen, dont l'ambition est de résoudre l'autre au même, d'éclairer et donc d'abolir l'inconnu, de faire du proche avec le lointain, du familier avec le saugrenu, de dénouer les énigmes, en un mot de remplacer la belle nuit éblouie du non-savoir par les clartés hagardes de la connaissance. Misérables voyages que ces cours d'université et ils vont au rebours de leur ambition : s'ils gagnent en vérité, ils ruinent ce qui fait l'être même de l'étrange : sa résistance à nos familiarités.

Modestine, elle, illustre la deuxième manière de voyager. Pénétrée de l'idée que l'exotisme commence à l'incompréhensible, elle préfère le voyage zen. Elle préconise des pèlerinages d'aveugles dans ce rien, cette absence, cette irréalité qu'est la terre. Sur les cartes de géographie, si elle daignait en posséder, Modestine n'aurait d'yeux que pour les taches blanches des *terrae incognitae*. Elle déploie une énergie forcenée pour tenir à distance ce lointain dont elle arpente à présent les chemins.

Modestine est un voyageur zen, espèce des plus rares. Seuls quelques itinérants orientaux y sacrifient et encore ne sait-on rien de leurs égarements car ces marcheurs mettent à honneur de ne point tenir le journal de leurs équipées dans l'indicible. Comment du reste en feraient-ils relation puisque le but de leur déplacement est de ne comprendre rien et, pour les plus exigeants, de ne rien voir ? Comme le dit Sun Hô hè, « Je ne connais de voyageur que sourd, muet et si possible aveugle. »

Il arrive néanmoins, à de rares intervalles, qu'un livre de voyage obéisse aux règles de Modestine. J'en citerai un exemple frais : l'ouvrage de Nicolas Bouvier sur l'île d'Aran, au large de l'Irlande (*Journal d'Aran et autres lieux*) : Bouvier passe dix jours à peine dans cet écart et encore est-il malade comme un chien. Il ne rencontre en tout et pour tout que huit naturels de l'île mais « cela [lui] suffit largement » et dans ces îles déjà désertes il s'applique au surplus à ne contempler que ce qu'on pourrait appeler l'absence des choses : « On me dit qu'il n'y a rien à voir dans ce coin, dit Bouvier, et cela m'alerte. Ce rien me plaît, etc. » Voilà une formule que Modestine eût aimée. Suit une belle description de ce « rien » qui sature l'exotisme : « Nuit noire, dit Bouvier, cadence de mes pas sur la route qui sonne comme porcelaine, froissement furtif dans les joncs, autour de moi, c'était bien ce "rien" qu'on m'avait promis. Plutôt "un peu", une frugalité qui me rappelait les friches désolées du nord du Japon, les brefs poèmes, à la limite du silence, dans lesquels au XVIIe siècle le moine itinérant Bashô les avait décrites. Dans ces paysages faits de peu, je me sens chez moi, et marcher seul, au chaud sous la laine, sur une route d'hiver… »

Ce détour par Nicolas Bouvier et son « rien à voir » ne nous éloigne pas des Cévennes. Il nous y ramène et peut-être décèle que Stevenson a malgré tout entendu par instants la philosophie pérégrinante de Modestine. Dans un autre texte, sur un voyage en Angleterre, Stevenson écrit : « Cockermouth était (selon la servante d'auberge de la ville voisine) un endroit où il n'y avait *rien à voir*. J'ai néanmoins vu beaucoup de choses. »

Cette remarque nous alerte. Nous engage à relire le voyage dans les Cévennes avec des lunettes mieux ouvrées. Stevenson oublie par moments qu'il est un jeune homme très savant, très anthropologique, très occidental. Sous le voyage apparent et banal d'un Écossais intelligent et cultivé du XIXe siècle affleure alors un autre voyage, obscur et comme tremblé, une parole trébuchante qui se fiche pas mal d'apprendre, de comprendre ou de connaître.

La répugnance de Modestine à utiliser des routes droites facilite l'éveil de Stevenson. Ainsi doit-on entendre la jubilation de l'écrivain chaque fois qu'il perd sa route, ou bien quand il parvient au bout de la route. Le voyage se ratatine, se dissout. Le remplace une « errance ». Autre signe : la joie de Stevenson lorsque, se réveillant dans une forêt qu'il n'avait pu voir la veille parce que le soleil était couché, après avoir dormi par conséquent non pas dans un lieu mais dans une nuit, qui est absence de lieu, il découvre un panorama incompréhensible, dans un point indécelable de l'univers.

« Je fis un tour d'horizon, afin de savoir en quelle partie de l'univers je venais de m'éveiller. Ulysse, échoué en Ithaque et l'esprit en proie à la déesse, ne s'était pas plus agréablement fourvoyé. J'avais cherché une aventure durant ma vie entière, une simple aventure sans passion, telle qu'il en arrive tous les jours et à d'héroïques voyageurs et me trouver ainsi, un beau matin, par hasard, à la corne d'un bois du Gévaudan [...], aussi étranger à ce qui m'entourait que le premier homme sur la terre, continent perdu – c'était trouver réalisée une part de mes rêves quotidiens. »

Le goût de Stevenson pour la nuit, pour la belle étoile, pour l'instant béni, maudit, où le rideau se baisse sur le théâtre de la terre, sur le monde socialisé, historique et anecdotique, dit la même chose. L'Écossais fait une consommation gloutonne de nuit, et l'on comprend qu'il ait dédaigné de s'encombrer d'une tente, qui est une sorte de maison. L'auberge de Stevenson est à la Grande Ourse.

Même, il est à la quête d'une nuit plus noire que la nuit, avec l'assistance des légères lumières qui signalent, au loin de son regard, une maison ou une auberge, comme si ces émouvantes scintillations à la fois approfondissaient les noirs et faisaient du paysage terrestre à présent évaporé une banlieue du cosmos étoilé. À d'autres moments, de ces étincelles rouges, palpitantes et perdues qui font la terre illimitée, il parle comme un marin parle du clignotement d'un phare (Stevenson était le fils d'un constructeur émérite de phares et il a lui-même écrit une plaquette sur leur éclairage) si bien que la contrée qu'il parcourt s'apparente selon les circonstances à la nuit du ciel ou bien à celle de l'océan. À plusieurs occasions, les images maritimes naissent sous la plume de Stevenson. La chère Modestine se voit même assimilée à un bateau : « J'accélérai de l'aiguillon la marche de Modestine et la guidai au large, comme un bateau... »

Autre figure de l'infini qui exerce sa fascination sur Stevenson, le vent, ce souffle venu de nulle part et qui va mourir, après nous avoir caressés, dans d'inconcevables lointains. Stevenson est un amateur de vents, comme d'autres de vins. Il les classe par catégories. Presque, il en noterait l'origine, l'âge, le millésime : « Des nuits et des nuits, j'ai prêté l'oreille, dans ma chambre particulière de campagne, à ce troublant concert du vent parmi les arbres ; mais, soit différence d'essences ou illusion fictive produite par le sol, ou parce que je m'étais moi-même plus extériorisé et au fort de l'ouragan, le fait reste que le vent chante sur une gamme différente dans les bois du Gévaudan. »

L'austérité de l'âne

Modestine, quand elle peut chiper un morceau de chocolat ou un bout de pain blanc ne crache pas dessus. Mais d'une façon générale, et fidèle aux préceptes du voyage zen, elle accepte d'un cœur égal les privations, les fatigues, les incertitudes. Elle estime que l'inconfort, au même titre que l'ennui, est le luxe du voyageur et le prix de l'exotisme. Sur ce sujet, Stevenson s'avère un disciple scrupuleux de sa petite compagne. Il avoue, dès les premiers kilomètres, qu'il fut stupide de s'encombrer de tout le barda qui forme le viatique obligé d'un jeune Écossais enclin au tourisme : « Il était clair que je devais offrir un sacrifice aux dieux du naufrage. Je jetai au loin la boîte vide destinée à contenir du lait ; je jetai au loin mon pain blanc et, dédaignant de supporter une perte générale, je gardai le pain noir pour Modestine. Enfin je jetai au loin le gigot froid de mouton et le fouet à œufs, bien que ce dernier me fût cher. »

Certes, ce délestage, Stevenson y consent par commodité et parce que Modestine, partisane exaltée de la sobriété, l'y oblige, mais au fond de lui Stevenson n'ignore point que l'enjeu est sérieux : il connaît que la doctrine de Modestine, cet abandon du superflu, revêt un sens élevé. S'il évoque, dans sa relation, « les dieux du naufrage », n'est-ce pas dire que le voyage n'est pas engrangement mais perte, non pas accumulation mais appauvrissement. Le touriste, aux yeux de Modestine, accomplit un parcours parallèle à celui de l'adepte ou du moine. Il se dépouille de toutes les fanfreluches, des vanités et des babioles de la civilisation, comme on écarte le voile du tabernacle pour contempler, dans le silence et l'ombre, le corps absent du dieu caché.

L'itinéraire de Stevenson, une fois désencombré de ses atours savants, sociologiques ou touristiques, est un déplacement philosophique, non géographique (du reste, cette géographie, on l'a vu, est abolie par Modestine, qui ne consulte jamais une carte, aussi bien que par Stevenson qui se déplace entre la nuit, le vent et le froid plutôt qu'entre Monastier et Saint-Martin-du-Gard). « L'important est de bouger, dit-il, d'éprouver de plus près les nécessités et les embarras de la vie, de quitter le lit douillet de la civilisation, de sentir sous mes pieds le granit terrestre et les silex épars avec leurs coupants. » Le but est bien de rejeter ces apparences, ces trompe-l'œil, ces illusions que sont les objets de la culture, les cicatrices de l'histoire pour découvrir, sous les diaprures déposées par les siècles, le squelette nu des choses (le granit et le silex, dit l'Écossais) la peau, si l'on ose le dire, du monde.

Deux autres éléments confirment ces résolutions :

– De même que Modestine suit systématiquement la plus mauvaise route, celle qui mène à l'envers du but, Stevenson préconise la saison la moins favorable au voyage : il entend aborder un pays sous son plus mauvais jour. S'il a envie de Sahara, il doit attendre le comble de l'été et que le désert s'efface dans l'excès du soleil. S'il a besoin d'un pays du Nord, il s'y portera en hiver, quand la civilisation est engourdie, presque annulée, réduite à l'état de fossile, de traces de vent sur la neige. Le voyage dans les Cévennes obéit à cette pédagogie : il fallait de l'audace pour explorer l'une des régions les plus sauvages et les plus froides de la France au début même de l'hiver, à la consternation des calmes, des frileux habitants du Monastier.

– Stevenson se réjouit que le Gévaudan n'ait pas encore été colonisé par le chemin de fer. À peine si ces déserts sont écorniflés de sentiers, de chemins – simples entailles dans l'informe, dans l'illimité de l'originel. Et Stevenson frémit à la pensée que ces montagnes du Gévaudan sont sur le point de rentrer dans la civilisation, grâce au prochain chemin de fer : « Une année ou deux encore et ce sera un autre monde. Le désert est assiégé. »

On peut lire toutes ces remarques comme une simple prophétie écologique : Stevenson a lu Thoreau et s'il hait le train, c'est qu'il prétend retrouver la nature, la pureté, la simplicité (« Je pensai avec dégoût à l'auberge de Chasseradès et aux bonnets de coton rassemblés, avec dégoût aux équipées nocturnes des employés et des étudiants, aux théâtres surchauffés, aux passe-partout et aux chambres closes. [...] Le monde extérieur de qui nous nous défendons dans nos demeures semblait être somme toute un endroit délicieusement habitable »).

En réalité, pourtant, sous la passion écologique, gronde une autre passion, plus violente : Stevenson souhaite non seulement de se protéger des « chambres tièdes de la civilisation » mais, docile à la philosophie de Modestine, de s'arracher au temps.

L'âne et le temps

Buffon s'interroge si l'âne est avant ou après le cheval : est-il un modèle fruste duquel l'évolution extraira le cheval, tellement plus perfectionné ? Est-il plutôt un cheval dégénéré, usé au long des millénaires et réduit à ce personnage pauvre et gris, au poil laineux, aux yeux désespérés ? Je ne me mêlerai pas de ce débat qui est très calé. Oserai-je cependant suggérer que Buffon a mal posé sa question ? N'est-il pas avéré que l'âne et le cheval sont sans relation ? Ils ne trottinent pas dans le même calendrier et il est frivole de prétendre que l'un précède l'autre. Ils marchent ensemble, à travers le même pays, mais dans des durées sans comparaison.

L'âne est détaché du temps, de l'histoire quand le cheval est un produit du temps. Le cheval évolue avec les siècles : cheval de labour, cheval de guerre, cheval de cirque, cheval de manège, cheval de randonnée, cheval pommelé ou alezan, cheval de Buffalo Bill ou de Longchamp, pur-sang, facteur Cheval et cheval d'arçon, les avatars du cheval sont infinis. Les métamorphoses de cette bête, au fil de l'histoire, et compte tenu des conditions socio-économiques, de la lutte des classes, des inventions de Denis Papin et de James Watt, sont ininterrompues.

Rien de tel pour l'âne : l'âne est fait une fois pour toutes. Obstiné, il ne bouge point. On peut le plonger dans n'importe quel bain culturel, ses couleurs et ses façons perdurent. L'âne est un être platonicien, à lui-même semblable en tous temps, en tous lieux. Chaque âne est une idée d'âne, un âne essentiel, un « bourricot sans qualités » comme le disait joliment Robert Musil et qui broute dans les siècles des siècles, sans mutations, sans progrès ni décadence : âne des Phéniciens, âne des Coréens du XXe siècle, âne de Bagdad sous le règne d'Haroun al-Raschid ou âne de la Corse de Napoléon, ils sont tous identiques.

Dédaigneux des saisons, ignorant des empires, le bourricot paisse ses chardons dans les prairies de l'éternité. Il méprise toute durée, que ce soit la longue durée de Braudel ou les durées évanescentes de nos mégalopoles. On ne peut même pas lui reprocher d'être passéiste. Il ne veut rien connaître, selon l'expression de Newton, des « corruptions et des générations ».

L'ânesse ne fait pas le détail : le temps, elle ne connaît pas, voilà tout. C'est pourquoi elle est sans nostalgie. Comment préférerait-elle le siècle des Mérovingiens à celui de Napoléon III, puisque le temps, qu'il soit passé, présent ou à venir, elle est « contre ». Elle rigolerait un bon coup, Modestine, si on lui disait que, dans certaines maisons patriciennes de Fez ou de Marrakech, les propriétaires conservent, aujourd'hui encore, la clef de leur ancienne maison de Cordoue !

Stevenson n'est pas de même : parce qu'il est un humain, il est condamné à négocier avec le temps. C'est pourquoi, au contraire de Modestine, il est souvent requis par le présent (cet homme, ces enfants qu'il croise, les fumées de ce village, ce *hic* et ce *nunc*...) comme aussi par un passé plus ou moins récent. Même s'il préfère la géologie, les vents, le granit, le silex, Stevenson est sensible à l'histoire et il s'apitoie à l'idée des choses du bon vieux temps. S'il croise un paysan chenu, portant une vieille casquette noire de soie « liberty », il croit rencontrer un homme « qui avait perdu ses Camisards fuyant devant Poul et qui errait depuis dans les montagnes ». Plus émouvant encore : « Un fermier avait vu les os d'anciens combattants exhumés au soleil d'un après-midi du XIXe siècle, dans un champ où les ancêtres avaient combattu et où leurs arrière-petits-fils creusaient un fossé. »

Il va de soi que Modestine trouve un peu ridicules pareils apitoiements. Pourtant, si elle réfléchissait, elle aurait repéré un trait qui établit que Stevenson, même s'il est immergé dans le temps, aspire à s'en délivrer : son horreur des pendules.

L'âne et la montre

L'indifférence de Modestine au temps se traduit par son mépris de la montre. Elle milite pour une randonnée sans montres, sabliers, clepsydres ou cadrans solaires. Elle ne l'avoue pas franchement mais c'est à sa manière oblique et un peu sournoise qu'elle le suggère, par son dégoût des grandes routes qui conduisent aux villes ou bourgades. Elle a remarqué que les rassemblements d'hommes rassemblent aussi des pendules. « Un violent besoin nous attire hors des villes, écrit Baldruch Telher.

Celles-ci sont les centrales du temps mécanique, la grande manufacture des secondes. Elles diffèrent des campagnes qui demeurent immergées dans l'antique coulée. Comme on s'éloigne des métropoles, on s'enfonce dans une durée d'une autre tessiture. Dans ces lointains, le temps est du velours, il se froisse et il se moire, il est moelleux, il frissonne, il est indépendant et saugrenu, on dirait un ciel, il mélange les nuits et les aurores, il se compose en brouillards. L'étoile polaire n'est plus qu'une étoile filante et les heures s'emmêlent. Aux lisières des cultures urbaines, les heures nous caressent comme les ailes de l'oiseau, avec des manières de nuages. Les roues tournent plus doucement et dans tous les sens à la fois. Elles suspendent leur ouvrage, elles moulinent dix durées ensemble. »

On voit que Baldruch Telher applique au temps la règle que Modestine impose à l'espace : de même que Modestine et Stevenson s'extasient sur les chemins qui mènent nulle part ou bien partout à la fois, de même, Baldruch Telher souhaite une durée qui marche dans toutes les directions à la fois, en avant ou en arrière, c'est selon, et donc dans aucun temps. Modestine ne se contente pas des labyrinthes de l'espace. Elle aime aussi que le temps se plie à la forme d'un labyrinthe et que chaque seconde soit une seconde folle.

Sur ce chapitre, Stevenson donne quitus à Modestine. Il se soumet à ses préceptes. S'il a si fort voulu quitter la grande ville, c'est d'abord en vue de quitter la civilisation de l'horloge qui fait injure à la création.

Dans un chapitre inédit du *Voyage*, il rêve sur l'agrément des diligences : « Le Courrier (tel est le nom d'une diligence) devait quitter le Puy au retour à deux heures de l'après-midi et arriver à temps au Monastier pour dîner à six heures. Mais le conducteur n'ose pas désobliger ses clients. Il remettra plusieurs fois son départ, d'heure en heure ; et j'ai vu le soleil se coucher pendant ce temps-là. Ces faveurs purement personnelles, cette prise en considération des fantaisies des hommes, plutôt que les aiguilles d'une pendule mécanique, pour marquer l'avance de cette abstraction, le temps, donne à l'exploitation des diligences un aspect comique dont nous n'avons pas l'habitude. »

(Stevenson justifie ici, subrepticement, sa haine des trains : le train, dès lors qu'il s'organise en réseau, se range à la loi de l'horloge, fonctionne comme une gigantesque montre implacablement réglée par la rigueur des heures de correspondances.)

Pas de pendule dans le Paradis terrestre : « C'est un peu comme si le règne millénaire du Messie était arrivé à son terme, quand nous jetterons nos montres et nos pendules par-dessus le toit de nos maisons et quand nous oublierons le temps et les saisons. Ne pas considérer les heures pour une vie entière, c'est allais-je dire vivre pour toujours. Vous n'avez pas idée, si vous ne l'avez jamais essayé, combien est interminable une journée d'été que vous ne mesurez que par la faim et qui se termine pour vous que lorsque vous avez sommeil.

« Je connais un village où il n'y a pour ainsi dire pas de pendules, où personne n'a d'autre idée du jour et de la semaine que par une sorte d'instinct du jour de fête, le dimanche, et où une seule personne est capable de vous dire le jour du mois et encore elle se trompe généralement. Et si les gens savaient avec quelle lenteur le temps avance dans ce village, et quelle brassée d'heures d'oisiveté il donnait, par-dessus le marché, à ses habitants avisés, je crois qu'il y aurait une fuite précipitée hors de Londres, Liverpool, Paris et de toute une série de grandes villes où les pendules perdent la tête et font dérouler les heures plus vite les unes que les autres, comme si elles étaient toutes engagées dans un pari. Et tous ces pèlerins insensés emporteraient chacun leur propre misère, sous forme d'une montre dans la poche. On doit noter qu'il n'y avait ni pendules ni montres aux jours tant vantés ayant précédé le Déluge… »

Stevenson ne cesse guère de convoiter le Paradis terrestre : plus tard, il le traquera dans *L'Île au trésor*, qui échappe au règne des pendules, ou bien dans la mine d'or de Silverado (qui est désaffectée, arrachée, donc, au présent) et, enfin, dans ces îles du Pacifique où ne sonne point le carillon. Mais dès maintenant, dans les Cévennes, il s'escrime à réintégrer les prairies d'avant le Déluge : quand il écrit du Monastier, point de départ de son expédition, à son ami Charles Baxter, il note en haut à droite de la feuille : « Dieu sait quelle est la date, regardez le cachet de la poste. »

À ce point, Stevenson et Modestine achèvent leur opération de délestage, d'austérité, de dénuement : ils ont jeté par-dessus bord non seulement le pain noir et le pain blanc, le chemin de fer et la diligence, les cartes de géographie, mais aussi la pendule, la montre, le sablier et la clepsydre. Ils ont d'un même élan retiré tous les voiles qui font écran entre les hommes et la ténèbre des choses.

L'âne et la tolérance

Cette évacuation du temps a un autre effet : l'ânesse et son maître jugent du point de vue de Sirius. Plongés dans une durée infinie, immobile, entrelacée et sans frontières, picorant dans les diverses strates du temps, ils relativisent les spectacles du monde. Les faiblesses des hommes, ils les jugent avec cette agréable distance qu'on appelle tolérance : Stevenson est un jeune homme aimant et aimable : même les petites filles qui lui font des niches, il ne les maudit point. Et cette vieille femme qui refuse de lui fournir des renseignements et le laisse en plan, il lui pardonne.

Modestine montre une tolérance égale qui se manifeste par son goût des rencontres absurdes, par sa facilité à entrer en intelligence avec le premier âne venu pourvu qu'il soit mâle, par l'admirable résignation propre à tous les ânes et qui les apparente à ces mendiants de l'Inde, si peu agressifs, qui vous regardent de leurs yeux éteints, gentiment ironiques, l'air de dire : « Les choses ne vont pas trop bien en ce moment pour moi, je n'ai rien à manger, tu refuses de me donner une roupie, ma mère est malade, mes enfants ont le choléra, mais ce n'est pas trop grave, tout cela, un peu de patience, il suffit d'attendre cent mille ans encore et une dizaine d'apocalypses et de Créations, et la chance tournera, c'est sûr. »

Certes, cette médaille a un revers : la tolérance de Modestine ressemble à une indifférence : ne détester personne, protesteront les esprits exigeants, n'est-ce pas manière de n'aimer personne ? Il y a du vrai dans cette remarque et il faut poser ici, avec un peu de tristesse, cette désagréable question : la bonté des ânes ne serait-elle pas le masque d'une formidable froideur ?

On corrigera ces sévérités par une remarque qui concerne Stevenson et, plus secrètement, l'ânesse. Stevenson d'abord : il est un chapitre où notre marcheur écossais atteint aux limites de son indulgence. Il ne maîtrise pas son indignation quand il songe aux violences faites par les dragons de Louis XIV aux Camisards, mais comment lui en tenir rigueur ? Protestant, habitué comme tous les Écossais aux violences des religions dominantes, Stevenson se nomme Camisard d'honneur, ce qui nous vaut ce chapitre d'histoire, très beau du reste car il est soulevé de colère et se distingue du didactisme propre à tous les globe-trotters modernes qui ne peuvent pas traverser une ville ou un pays sans nous refiler, entre deux souvenirs personnels, une notice de l'*Encyclopaedia Universalis.*

Modestine, elle aussi, fait une entorse à sa règle de tolérance, et sur un problème religieux également : Stevenson constate que son ânesse, dans l'abbaye de Notre-Dame-des-Neiges, semble « avoir de l'antipathie pour les couvents ». Cette hostilité modestinienne est curieuse. Certes, on peut avancer des hypothèses : on peut supposer par exemple que Modestine a pu être élevée dans la religion réformée, qui est insensible à l'art du couvent, mais Stevenson, soit oubli, soit manque d'informations, ne nous fournit aucune précision sur ce sujet. En outre, les ânes, même Réformés, sont généralement de culture catholique car ils conservent, à travers les brouillards de leur parcours terrestre, le souvenir étincelant de la Sainte Vierge à laquelle ils ont donné un bon coup de main, dans la crèche, au moment de la naissance du Christ. La crèche fut le jour de gloire des ânes (plus encore que l'entrée du Christ à Jérusalem) et elle s'est imprimée de manière indélébile dans leur mémoire si bien qu'ils en veulent toujours un peu à ces protestants, ces Réformés qui ne montrent pas une extrême révérence pour la Sainte Vierge.

On peut donc dire que la conduite de Modestine est deux fois saugrenue : d'abord parce que l'ânesse manque à son habituelle indulgence, ensuite parce qu'elle exprime de la colère contre les moines amis de la Sainte Vierge. Que conclure, si ce n'est que le comportement désagréable de l'ânesse à Notre-Dame-des-Neiges doit être interprété moins comme une position philosophique que comme l'indice de son caractère extravagant, illogique et arbitraire ?

Le voyage dans les Cévennes s'achève après treize jours, c'est un voyage de Lilliput, mais plus rien désormais ne sera comme avant. On jurerait que les supportables épreuves de France permettent à Stevenson de larguer les amarres et d'affronter de plus grands larges. Les treize jours sonnent comme un adieu au jeune homme charmeur des tavernes de Londres et des ateliers de Barbizon. C'est la première note d'une immense musique. Stevenson, à présent qu'il a perdu son âne, et gagné son âme, ne va plus cesser de refaire le même voyage mais à des échelles croissantes. Le parcours de Monastier à Saint-Martin-du-Gard forme le modèle inavoué de tous les écarts à venir, chaque voyage de Stevenson étant plus ambitieux que le précédent, un peu comme un caillou, jeté dans les eaux calmes d'un lac produit des ondes concentriques de plus en plus démesurées. Stevenson s'acharnera toute sa vie à reproduire, avec plus de majesté, avec tragique, avec gloire, le pauvre petit périple accompli avec l'âne.

Il va rentrer à Londres pour lancer quelques drôleries, aimer ses amis, mais bientôt il se vouera à ce destin de pèlerin, d'égaré, dont Modestine lui a ouvert les portes de corne et de brumes, en compagnie de la femme aimée, cette Fanny Osbourne dont la figure absente nimbait en secret les nuits hallucinées des Cévennes – et pour laquelle il va s'embarquer, dans quelques années, pour un périple plus redoutable que la bête du Gévaudan, en direction de Silverado en Californie.

Les futurs déplacements de Stevenson vont changer de dimensions et de style : on ne verra plus l'Écossais à la remorque d'un âne. Il sacrifiera à de nouveaux modes de locomotion : le navire de Glasgow à New York, le train de New York à San Francisco et plus tard, le bateau, les bateaux qui lui permettront de poursuivre ses errances non plus au flanc du Gévaudan mais parmi les îles étincelantes du Pacifique, les Marquises, Tuamotu, Papeete, les îles Gilbert, les îles Marshall, la Nouvelle-Calédonie, jusqu'à découvrir enfin le lieu de sa mort à Samoa – voyages gigantesques, définitifs, pathétiques, radieux et funèbres ensemble, et que Stevenson accomplira en obéissance à ce petit âne si gris, si distingué et si intelligent qui lui avait jadis enseigné l'usage du monde.

Gilles LAPOUGE

VOYAGE
AVEC UN ÂNE
DANS LES CÉVENNES

* *Sur cette carte, l'orthographe des noms de lieux a été modernisée. Dans son récit, Stevenson utilise l'orthographe ancienne (par exemple, il écrit « Alais » pour « Alès »).*

DÉDICACE

Mon cher Sidney Colvin,

Le voyage que raconte ce petit livre me fut très agréable et avantageux. Après un début singulier, j'ai eu meilleure chance à la fin. Mais nous sommes tous des voyageurs dans ce que John Bunyan nomme le désert de ce monde – tous, aussi, des voyageurs avec un âne et ce que nous trouvons de meilleur en route c'est un loyal ami. Bienheureux le voyageur qui en trouve plusieurs ! Nous courons le monde, en fait, pour les rencontrer. Ils sont le but et la récompense de la vie. Ils nous gardent dignes de nous-mêmes et, lorsque nous sommes seuls, nous sommes simplement plus près de l'absent.

Tout livre est, dans sa signification secrète, une lettre ouverte aux amis de l'auteur. Eux seuls en pénètrent l'esprit ; ils découvrent des messages particuliers, des assurances d'affection et des témoignages de gratitude insérés à leur intention à toutes les pages. Le public n'est qu'un patron généreux qui acquitte les frais de poste. Pourtant, quoique la lettre soit adressée à tout le monde, c'est pour nous une vieille et aimable coutume d'en faire expressément hommage à une seule personne. De quoi un homme pourrait-il être fier, sinon de ses amis ? Et, dès lors, mon cher Sidney Colvin, c'est avec orgueil que je me déclare, ici, vôtre affectueusement,

R.L.S.

VELAY

Il y a beaucoup d'êtres puissants et rien n'est plus puissant que l'homme. Il surpasse, par ses ruses, le monde rural.

SOPHOCLE.

Qui a jamais perdu les fers d'un âne sauvage ?

JOB.

I

Le bourriquet, la charge et le bât

Dans une petite localité, nommée Le Monastier, sise en une agréable vallée de la montagne, à quinze milles du Puy, j'ai passé environ un mois de journées délicieuses. Le Monastier est fameux par la fabrication des dentelles, par l'ivrognerie, par la liberté des propos et les dissensions politiques sans égales. Il y a dans cette bourgade des tenants des quatre partis qui divisent la France : légitimistes, orléanistes, impérialistes et républicains. Et tous se haïssent, détestent, dénigrent et calomnient réciproquement. Sauf, quand il s'agit de traiter ou une affaire ou de se donner les uns aux autres des démentis dans les disputes de cabaret, on y ignore jusqu'à la politesse de la parole. C'est une vraie Pologne montagnarde. Au milieu de cette Babylone, je me suis vu comme un point de ralliement. Chacun avait à cœur d'être aimable et utile pour un étranger. Cela n'était pas dû simplement à l'hospitalité naturelle des montagnards, ni même à l'étonnement qu'on y avait de voir vivre de son plein gré au Monastier un homme qui aurait pu tout aussi bien habiter en n'importe quel autre endroit du vaste monde ; cela tenait pour une grande part, à mon projet d'excursionner vers le sud, à travers les Cévennes. Un touriste de mon genre était jusqu'alors chose inouïe dans cette région. On m'y considérait avec une piété dédaigneuse comme un individu qui aurait décidé un voyage dans la lune. Toutefois, non sans un intérêt déférent comme envers quelqu'un en partance vers le Pôle inclément. Chacun était disposé à m'aider dans mes préparatifs.

Une foule de sympathisants m'appuyait au moment critique d'un marché. Je ne faisais plus un pas qui ne fût illustré par une tournée de chopines et célébré par un dîner ou un déjeuner.

On était déjà à la veille d'octobre que je n'étais pas encore prêt à partir. Pourtant aux altitudes où conduisait ma route, il n'y avait pas lieu d'escompter un été indien. J'avais résolu, sinon de camper dehors, du moins d'avoir à ma disposition les moyens de le faire. Rien n'est, en effet, plus fastidieux pour un type débonnaire, que la nécessité d'atteindre un refuge dès que vient la brune. Au surplus, l'hospitalité d'une auberge de village n'est point toujours une infaillible recommandation à qui chemine péniblement à pied. Une tente, surtout pour un touriste solitaire, ne laisse point d'être ennuyeuse à dresser, ennuyeuse encore à démonter et même, durant la marche, elle fournit un évident aspect particulier au bagage. Un sac de couchage, par contre, est toujours prêt : il suffit de s'y insinuer. Il sert à double fin : de lit pendant la nuit, de valise pendant le jour et il ne dénonce pas à tout passant curieux vos intentions de coucher dehors. C'est là un point important. Si un campement n'est pas secret, ce n'est qu'un endroit de repos illusoire. On devient un homme public. Le paysan sociable visite votre chevet après un souper hâtif et vous voilà dans l'obligation de dormir un œil ouvert et de vous lever avant l'aube. Je me décidai pour un sac de couchage et, après maintes recherches au Puy et pas mal de dépenses culinaires pour moi-même et mes conseillers, un sac « à viande » fut dessiné, bâti et apporté chez moi en triomphe.

L'enfant de mon invention avait quasiment six pieds carrés, outre deux flanquets triangulaires pour servir d'oreiller, la nuit, et de couvercle et de poche, le jour, à ce sac. Je l'appelle « sac », mais ce ne fut jamais un sac que par euphémisme. C'était seulement une sorte de long rouleau ou saucisson en bâche verte imperméable à l'extérieur et en fourrure de mouton bleue à l'intérieur. Commode comme valise, sec et chaud comme lit.

Chambre à coucher spacieuse pour une seule personne et, à la rigueur, pouvant servir pour deux. Je pouvais m'y enfoncer jusqu'au cou. Car, ma tête je la confiais à une casquette en poil de lapin, munie d'un rebord à rabattre sur les oreilles et d'un cordon à passer sous le nez en manière de respirateur. En cas de pluie sérieuse, je me proposais de me fabriquer moi-même une menue tente, ou plutôt un tendelet, au moyen de mon waterproof, de trois pierres et d'une branche inclinée.

On comprendra sans peine que je ne pouvais porter cet énorme attirail sur mes propres épaules – simplement humaines. Restait à choisir une bête de somme. Or, un cheval est, d'entre les animaux, comme une jolie femme, capricieux, peureux, difficile sur la nourriture et de santé fragile. Il est de trop grande valeur et trop indocile pour être abandonné à lui-même, en sorte que vous voilà rivé à votre monture comme à un compagnon de chaîne sur une galère. Un chemin difficultueux affole le cheval, bref c'est un allié exigeant et incertain qui ajoute cent complications aux embarras du voyageur. Ce qu'il me fallait c'était un être peu coûteux, point encombrant, endurci, d'un tempérament calme et placide. Toutes ces conditions requises désignaient un baudet.

Habitait au Monastier un vieillard d'intelligence plutôt médiocre selon certains, que poursuivait la marmaille des rues et connu à la ronde sous le nom de Père Adam. Or, Père Adam avait une carriole et, pour la tirer, une chétive ânesse, pas beaucoup plus grosse qu'un chien, de la couleur d'une souris, avec un regard plein de bonté et une mâchoire inférieure bien dessinée. Il y avait autour de la coquine, quelque chose de simple, de racé, une élégance puritaine, qui frappa aussitôt mon imagination. Notre première rencontre eut lieu sur la place du marché, au Monastier. Afin de prouver son excellente humeur, les enfants à tour de rôle s'installèrent sur son dos pour une promenade et, l'un après l'autre, tête première, pirouettèrent en l'air, jusqu'à ce que le manque de confiance commençât de régner au cœur de cette jeunesse et que l'épreuve cessât faute de concurrents. J'étais déjà soutenu par une députation de mes amis, mais comme si cela ne suffisait pas, tous les acheteurs et vendeurs m'entourèrent et m'aidèrent au marchandage. L'ânesse et moi et Père Adam devînmes le centre d'un vrai brouhaha pendant presque une demi-heure. Enfin, la bête me fut cédée à raison de soixante-cinq francs et d'un verre d'eau-de-vie. Le sac avait déjà coûté quatre-vingts francs et deux verres de bière, de sorte que Modestine (ainsi la baptisai-je sur-le-champ) était, tout compte fait, l'article le meilleur marché. En vérité, il en devait être ainsi, car l'ânesse n'était qu'un accessoire de ma literie ou un bois de lit automatique sur quatre pieds.

J'eus une dernière entrevue avec le Père Adam dans une salle de billard, à l'heure ensorcelante de l'aurore, lorsque je lui administrai l'eau-de-vie. Il se déclara fort ému par la séparation et affirma qu'il avait souvent acheté du pain blanc pour son bourriquet, alors qu'il s'était contenté de pain bis pour lui-même. Mais ceci, à s'en référer aux meilleures autorités, devait être un écart d'imagination. Il était réputé en ville pour maltraiter brutalement le baudet. Pourtant il est certain qu'il versa une larme et que la larme traça un sillon propre jusqu'au bas d'une joue.

Sur le conseil d'un fallacieux bourrelier de l'endroit, une sellette en cuir me fut fabriquée, munie de courroies afin d'attacher mon paquetage et, pensif, j'achevai mon équipement et disposai mon trousseau. En manière d'armes et de batterie de cuisine, je pris un revolver, une petite lampe à alcool et une poêle, une lanterne et quelques chandelles d'un sou, un couteau de poche et une large gourde en peau. Le principal chargement consistait en deux assortiments complets de vêtements de rechange – outre mes habits de voyage en velours campagnard, mon paletot de marin et un chandail en tricot –, quelques livres, ma couverture de voyage qui, elle aussi en forme de sac, me faisait double enveloppe pour les nuits froides. La réserve permanente était représentée par des plaquettes de chocolat et des boîtes de saucisses boulonnaises. Tout cela, à l'exception de ce que je portais sur moi, fut facilement entassé dans le sac en peau de mouton et, par une heureuse inspiration, j'y ajoutai mon havresac vide, plutôt par commodité de portage que dans la pensée qu'il pourrait m'être nécessaire au cours de mon voyage. Pour les besoins les plus pressants, je pris un gigot froid de mouton, une bouteille de beaujolais et une provision importante de pain bis et blanc, comme Père Adam, pour moi-même et le baudet ; toutefois, dans mon projet, la destination de ces derniers objets était inverse.

Les gens du Monastier, de toutes nuances d'opinion politique, s'accordèrent pour me prédire maintes mésaventures grotesques et me menacer de mort subite dans des conditions extravagantes. Sur froid, loups, voleurs et par-dessus tout les mauvais tours de la nuit était quotidiennement et éloquemment appelée mon attention. Pourtant, dans ces vaticinations, on négligeait l'évident, le véritable danger. Comme chrétien c'est de mon bagage que j'ai eu à souffrir en chemin. Avant de raconter mes malchances personnelles, que l'on me permette de dire en peu de mots la leçon de mon expérience. Si le paquetage est bien attaché par des courroies aux extrémités et pend à pleine longueur – pas replié en deux, bon Dieu ! –, à travers la selle de bât, le voyageur n'a rien à craindre. La selle de bât pourra certes n'être point ajustée, telle est l'imperfection de notre vie éphémère ; elle pourra assurément glisser et tendre à se renverser, mais il y a des pierres de chaque côté d'une route et on apprend bientôt l'art de corriger n'importe quel penchant au déséquilibre au moyen d'un caillou bien placé.

Le jour de mon départ, j'étais debout un peu après cinq heures. Vers six heures, nous commençâmes à charger le baudet et dix minutes plus tard mes espérances gisaient dans la poussière. Le bât ne prétendait pas tenir sur le dos de Modestine, même une demi-minute. Je le renvoyai à son fabricant avec lequel j'eus une prise de bec tellement injurieuse que le trottoir de la rue était garni, de nous à vous, d'une foule de badauds qui regardaient et écoutaient. Le bât changea de mains avec beaucoup de vivacité. Peut-être serait-il plus exact de dire que nous nous le jetâmes réciproquement à la tête. En tout cas étions-nous fort échauffés et inamicaux et parlions-nous avec une excessive liberté.

J'obtins une banale selle de bât – une *barde* comme on dit – qui convenait à Modestine et une fois de plus je la chargeai de mon attirail. Le sac replié, mon paletot marin (car il faisait chaud et j'allais marcher en vareuse), une longue miche de pain noir et un panier sans couvercle qui renfermait le pain blanc, le gigot de mouton et les bouteilles furent accrochés ensemble par une série de nœuds fort perfectionnés et j'en examinai le résultat avec une vaine satisfaction. Dans un monstrueux chargement de ce genre, le fardeau entier portait sur l'encolure du baudet et rien en dessous ne faisant contrepoids, sur un bât aux sangles neuves qui n'avait jamais servi à l'équipement de l'animal, accroché au surplus par des courroies neuves aussi qu'on pouvait s'attendre à voir s'élargir et se distendre pendant la route, même le touriste le plus insoucieux aurait pressenti une catastrophe imminente. Ce système perfectionné de nœuds, au surplus, était l'œuvre de trop nombreux sympathisants pour être réalisé fort habilement. Il est vrai qu'ils avaient serré les cordes énergiquement. Pas moins de trois à la fois, un pied sur l'arrière-train de Modestine, ils tirèrent là-dessus grinçant des dents. Or, j'appris par la suite qu'une seule personne entendue, sans le moindre déploiement de force, pouvait faire plus efficace besogne qu'une demi-douzaine de domestiques enthousiastes et en transpiration. Mais je n'étais alors qu'un novice. Même après la mésaventure du bât, rien ne pouvait troubler ma confiance et je franchis le seuil de l'écurie comme un bœuf se dirige à l'abattoir.

II

L'ÂNIER INEXPÉRIMENTÉ

La cloche du Monastier sonnait juste neuf heures, lorsque j'en eus terminé avec ces ennuis préliminaires et descendis la colline à travers les prés communaux. Aussi longtemps que je demeurai en vue des fenêtres, un secret amour-propre et la peur de quelque défaite ridicule me retinrent de sourdes menées contre Modestine. Elle avançait d'un pas trébuchant sur ses quatre petits sabots, avec une sobre délicatesse d'allure. De temps en temps, elle secouait les oreilles ou la queue et elle paraissait si menue sous la charge qu'elle m'inspirait des craintes. Nous traversâmes le gué sans difficulté. Il n'y avait aucun doute à ce sujet, elle était la docilité même. Puis, une fois sur l'autre bord, où la route commence son ascension à travers les bois de pins, je pris dans la main droite l'impie bâton du commandement et, avec une vigueur tremblante, j'en fis application au baudet. Modestine activa sa marche pendant peut-être trois enjambées, puis retomba dans son premier menuet. Un autre coup eut le même résultat et aussi le troisième. Je suis digne du nom d'Anglais et c'est violenter ma conscience que de porter rudement la main sur une personne du sexe. Je cessai donc et j'examinai la bête de la tête aux pieds : les pauvres genoux de l'ânesse tremblaient et sa respiration était pénible. De toute évidence, elle ne pouvait marcher plus vite sur une colline. Dieu m'interdit, pensai-je, de brutaliser cette innocente créature. Qu'elle aille de son pas et que je la suive patiemment !

Ce qu'était cette allure, aucune phrase ne serait capable de la décrire. C'était quelque chose de beaucoup plus lent qu'une marche, lorsque la marche est plus lente qu'une promenade. Elle me retenait chaque pied en suspens pendant un temps incroyablement long. En cinq minutes, elle épuisait le courage et provoquait une irritation dans tous les muscles de la jambe. Et pourtant, il me fallait me garder tout à proximité de l'âne et mesurer mon avance exactement sur la sienne. Si, en effet, je ralentissais de quelques mètres à l'arrière ou si je la devançais de quelques mètres, Modestine s'arrêtait aussitôt et se mettait à brouter. L'idée que ce manège pouvait durer ainsi jusqu'à Alais me brisait quasiment le cœur. De tous les voyages imaginables, celui-ci promettait d'être fastidieux. Je m'efforçais de me répéter qu'il faisait une journée délicieuse. Je m'efforçais d'exorciser, en fumant, mes fâcheux présages. Mais la vision me restait sans cesse présente de longues, longues routes au sommet des monts ou au creux des vallées, où deux êtres se mouvaient d'une façon infinitésimale, pied à pied, un mètre à la minute et, comme les fantômes ensorcelés d'un cauchemar, sans se rapprocher jamais du terme.

Sur ces entrefaites, voici que monta derrière nous un gros paysan, âgé peut-être d'une quarantaine d'années, de mine ironique et bourrue et vêtu de la veste verdâtre de la contrée. Il nous surprit cheminant côte à côte et s'arrêta pour regarder notre pitoyable avance.

– Votre baudet, dit-il, est très vieux ?

Je lui répondis que je ne le pensais pas.

– Alors, supposa-t-il, il vient de fort loin ?

Je lui répondis que nous venions seulement de quitter le Monastier.

– *Et vous marchez comme ça !* s'écria-t-il. Et rejetant la tête en arrière il partit d'un long et cordial éclat de rire. Je le regardai, déjà prêt à demi à me sentir offensé, tant qu'il eût satisfait à son hilarité. Et alors : « Vous n'avez pas à avoir aucune pitié pour ces animaux », fit-il. Et arrachant une verge à un buisson, il se mit à en fouetter Modestine sur l'arrière-train, en poussant un cri. La malheureuse redressa les oreilles et partit sans façon à une vive allure qu'elle garda sans ralentir, sans témoigner du moindre symptôme de détresse, aussi longtemps que le paysan resta près de nous. Son premier essoufflement et son tremblement n'avaient été, j'ai regret de le dire, que comédie.

Mon « deus ex machina », avant de me quitter, me donna un excellent, quoique inhumain conseil. Il me le tendit, en même temps que la baguette qui, déclara-t-il, serait plus finement sentie que mon bâton. Finalement, il m'apprit le véritable cri ou le mot maçonnique des âniers : « Prout ! » Tout le temps, il me regarda d'un air sardonique et comique, gênant à supporter, et il se moqua de ma manière de mener un baudet, comme j'aurais pu me moquer de son orthographe ou de sa veste verdâtre. Mais ce n'était pas mon tour pour l'instant.

J'étais fier de mon savoir neuf et pensais que j'avais appris à perfection l'art de conduire. Et, certes, Modestine accomplit des prodiges durant le reste de l'avant-midi et j'avais large espace où respirer et loisir de regarder. C'était dimanche. Les champs de la montagne étaient tous déserts dans la clarté du soleil et, tandis qu'au bas de la côte, nous traversions Saint-Martin-de-Fugères, l'église débordait de fidèles jusque sur le seuil. Il y avait des gens agenouillés au-dehors sur les marches et le bruit du plain-chant du prêtre m'arriva de l'intérieur obscur. Cela me donna aussitôt une impression de famille, car je suis, pour ainsi dire, un compatriote du dimanche et toutes les observances du dimanche, comme l'accent écossais, agitent en moi des sentiments complexes : reconnaissance et le contraire. Il n'y a qu'un voyageur, qui surgit là comme un évadé d'une autre planète, à pouvoir goûter exactement la paix et la beauté de la grande fête ascétique. La vue de la contrée au repos lui fait du bien à l'âme. Il y a quelque chose de meilleur que la musique dans le vaste silence insolite, et qui dispose à d'agréables pensées comme le bruit d'une mince rivière ou la chaleur du clair soleil.

Dans cet agréable état d'esprit, je descendis la colline, jusqu'à l'endroit où est situé Goudet, à la pointe verdoyante d'une vallée, en face du château de Beaufort sur une butte rocheuse et du cours d'eau, limpide comme cristal, qui meurt dans un étang les séparant. D'au-dessus et d'en dessous, on peut l'entendre qui sinue parmi les pierres, aimable jouvenceau de fleuve qu'il semble absurde d'appeler la Loire. De toutes parts, Goudet est encerclé par des montagnes ; des sentes rocailleuses, praticables au mieux par des ânes, rattachent la localité au reste de la France. Et hommes et femmes y boivent et sacrent dans leur coin de verdure où, du seuil de leurs demeures, lèvent les yeux, l'hiver, vers les pics ceints de neiges, dans un isolement qu'on jurerait pareil à celui des Cyclopes homériques. Mais, il n'en est rien. Le facteur atteint Goudet avec son sac postal. La jeunesse ambitieuse de Goudet est à moins d'une demi-journée de marche du chemin de fer du Puy. Et là, à l'auberge, vous pouvez trouver le portrait gravé du neveu de l'hôtelier : Régis Senac, « professeur d'escrime et champion des deux Amériques », une distinction qu'il a conquise, là-bas, avec la somme de cinq cents dollars, au *Tammany Hall*, New York, le 10 avril 1876.

Je dépêchai mon repas de midi et bientôt en avant de nouveau ! Hélas ! tandis que nous grimpions l'interminable colline sur l'autre versant : « prout » semblait avoir perdu sa vertu. Je « proutais » comme un lion, je « proutais » doucereusement comme un pigeon qui roucoule, mais Modestine n'était ni attendrie ni intimidée. Elle s'en tenait, opiniâtre, à son allure. Rien, sinon un coup ne l'aurait fait bouger et encore pour une seconde. Je devais la talonner en lui cinglant les côtes, sans cesse. Un arrêt d'un moment dans cette ignoble besogne et elle récidivait à son allure particulière. Je crois que je n'ai jamais entendu parler de personne en aussi abjecte situation. Je voulais atteindre le lac du Bouchet, où j'avais l'intention de camper, avant le coucher du soleil, et, pour n'en conserver que l'espoir, il me fallait immédiatement maltraiter cet animal résigné. Le bruit des coups que je lui administrais m'écœurait. Une fois, tandis que je la regardais, elle me parut ressembler vaguement à une dame de ma connaissance qui m'avait autrefois accablé de ses bontés. Et cela ajouta au dégoût de ma cruauté.

Pour comble de malchance, nous rencontrâmes un autre baudet, vagabondant à son gré sur le bord de la route. Or, cet autre baudet se trouvait par hasard un monsieur. Lui et Modestine se rencontrèrent en manifestant leur plaisir et je dus séparer leur couple et rabattre leur jeune ardeur par une nouvelle et fiévreuse bastonnade. Si l'autre bourriquet avait eu sous la peau un cœur de mâle, il serait tombé sur moi à coups de dents et de sabots et c'eût été du moins une sorte de consolation – il était tout à fait indigne de la tendresse de Modestine. Mais cet incident m'attrista comme tout ce qui me rappelait le sexe de mon âne.

Il faisait une chaleur d'étuve en remontant la vallée, sans un souffle de vent, un soleil ardent sur mes épaules et il me fallait jouer si constamment du bâton que la sueur coulait dans mes yeux. Toutes les cinq minutes, aussi, le paquetage, le panier, le paletot marin inclinaient fâcheusement, d'un côté ou de l'autre et j'étais contraint d'arrêter Modestine, à l'instant précis où j'avais obtenu d'elle une cadence acceptable de deux milles à l'heure, pour tirailler, pousser, épauler ou réajuster le chargement. Et, à la fin, dans le village d'Ussel, le bât et le fourniment au complet, firent un tour de conversion et se vautrèrent dans la poussière, sous le ventre de l'ânesse. Elle, au comble de la joie, aussitôt se redressa et parut sourire et un groupe d'un homme, de deux femmes, et deux enfants survint et, debout autour de moi, en demi-cercle, l'encouragèrent par leur exemple.

J'avais un mal du diable à remettre l'attirail en place et à la minute où j'y avais réussi sans hésiter, il dégringolait et retombait de l'autre côté. On juge si j'étais furieux ! Pourtant nulle main ne s'offrait pour me prêter assistance. L'homme, à dire vrai, observa que je devrais avoir un paquetage d'autre forme. Je lui conseillai, s'il ne connaissait rien de mieux sur la question dans mon état, de tenir au moins sa langue. Et le drôle au bon naturel en convint en me souriant. J'étais dans la plus pitoyable situation. Il fallut tout simplement me contenter du paquetage pour Modestine et assumer les autres articles, comme ma part de portage : un bâton, une bouteille de deux pintes, une vareuse de pilote aux poches lourdement chargées, deux livres de pain bis, un panier sans couvercle empli de viandes et de récipients. Je crois que je peux dire que je ne suis point dépourvu de grandeur d'âme, car je ne reculai pas devant cet infamant fardeau. Je le disposai, Dieu sait comme, de façon à le rendre à moitié portatif, et je me mis à diriger Modestine à travers le village. Elle tentait, selon son invariable habitude, en effet, de pénétrer dans toute maison ou courette, tout le long du chemin. Et, encombré comme je l'étais, sans nulle main pour m'aider, aucune phrase ne saurait donner une idée de mes difficultés. Un ecclésiastique et six ou sept autres examinaient une église en voie de réparation et ses acolytes et lui se mirent à rire à gorge déployée dès qu'ils me virent en cet état. Je me souvins d'avoir ri moi-même lorsque j'avais vu de braves gens en lutte avec l'adversité sous les espèces d'un bourriquet et ce souvenir me remplit de remords. C'était dans mes jours insoucieux d'autrefois, avant que m'advînt cet ennui-ci. Dieu sait du moins que je n'en ai jamais plus ri depuis, pensais-je. Oh ! quelle cruauté pourtant dans pareille exhibition pour ceux qui s'y trouvent engagés !

À peine hors du village, Modestine, possédée du démon, jeta son dévolu sur un chemin de traverse et refusa positivement de le quitter. Je laissai choir tous mes ballots et, j'ai honte de l'avouer, cognai par deux fois la coupable, en pleine figure. C'était pitoyable de la voir lever la tête, les yeux clos comme si elle attendait une autre correction. Je me rapprochai en hurlant, mais j'agis plus sagement que cela et je m'assis carrément sur le bord de la route, afin d'envisager ma situation sous l'influence lénifiante du tabac et d'une goutte de brandy. Modestine, pendant ce temps-là, croquait quelques morceaux de pain bis d'un air d'hypocrite contrition. Il était clair que je devais offrir un sacrifice aux dieux du naufrage. Je jetai au loin la boîte vide destinée à contenir du lait ; je jetai au loin mon pain blanc et, dédaignant de supporter une perte générale, je gardai le pain noir pour Modestine. Enfin je lançai au loin le gigot froid de mouton et le fouet à œufs, bien que ce dernier me fût cher. Ainsi trouvai-je place pour chaque chose dans le panier et même je fourrai sur le haut ma vareuse de batelier. Ce panier, au moyen d'un bout de ficelle, je le suspendis en bandoulière et, bien que la corde me sciât l'épaule, et que le surtout pendît presque à ras du sol, c'est d'un cœur plus allègre que je repris ma route.

J'avais désormais un bras libre pour rosser Modestine et je la châtiai sans ménagement. Si je voulais atteindre le bord du lac avant l'obscurité, elle devait mettre ses jambes grêles à vive cadence. Déjà le soleil avait sombré dans un brouillard précurseur du vent et, quoiqu'il demeurât quelques traînées d'or au loin vers l'est, sur les monts et les obscurs bois de sapins, l'atmosphère entière était grise et froide autour de notre sente à l'horizon. Une multitude de chemins de traverse campagnards conduisaient ici et là parmi les champs. C'était un labyrinthe sans la moindre issue. Je pouvais apercevoir ma destination en levant la tête ou plutôt le pic qui dominait mon but. Quant à choisir, comme je m'en flattai, les routes finissaient toujours par s'éloigner de ce but, par sinuer en arrière vers la vallée ou par ramper au nord à la base des montagnes. Le jour déclinant, la couleur se dégradant, la région rocailleuse, sans intimité et nue que je traversais, me jetèrent dans une sorte de découragement. Je vous prie de le croire, le gourdin ne demeurait point inactif. J'estime que chaque pas convenable que faisait Modestine doit m'avoir coûté au moins deux coups bien appliqués. On n'entendait d'autre bruit dans les alentours que celui de ma bastonnade infatigable.

Tout à coup, au fort de mes épreuves, le chargement, une fois de plus, mordit la poussière et, comme par enchantement, toutes les cordes se rompirent avec ensemble et la route fut jonchée de mes précieux trésors. Le paquetage était à refaire depuis le début et, comme il s'agissait pour moi d'inventer un nouveau et meilleur système, je suis persuadé d'y avoir perdu une demi-heure. Il commençait à faire sérieusement noir, lorsque j'atteignis un désert d'herbage et de pierrailles. Ça avait l'air de ressembler à une route qui aurait conduit partout à la fois. Je me sentais tomber dans un état voisin du désespoir, lorsque j'aperçus deux êtres qui avançaient dans ma direction au milieu des galets. Ils marchaient l'un derrière l'autre comme des mendiants, mais leur allure était extraordinaire. Le fils était en tête : un type de haute taille, mal bâti, l'air sombre, pareil à un Écossais. La mère suivait, toute dans ses atours du dimanche, avec à son bonnet une guimpe élégamment brodée, et, perché là-dessus, un chapeau de feutre neuf. Elle proférait, tandis qu'elle exagérait ses enjambées, cotillons retroussés, une kyrielle de jurons obscènes et blasphématoires.

J'interpellai le fils et lui demandai de me mettre dans la bonne voie. Il m'indiqua vaguement l'ouest et le nord-ouest, marmonna une explication inintelligible et, sans ralentir un instant son allure, poursuivit sa route, cependant qu'il coupait directement ma sente en arrivant. La mère suivit sans même lever la tête. Je les appelai et les appelai encore, mais ils continuèrent à escalader le flanc du coteau et firent la sourde oreille à mes clameurs de détresse. À la fin, abandonnant Modestine à elle-même, je fus contraint de leur courir après, tout en les hélant pendant ce temps. Ils s'arrêtèrent, tandis que je m'approchais, la mère sacrant toujours et je pus voir que c'était une femme à l'air respectable de matrone, pas laide du tout. Le fils, une fois de plus, me répondit d'une façon bourrue et inintelligible et se disposa à repartir. Mais alors, je saisis au collet la mère qui était la plus rapprochée de moi et m'excusant de cette violence, je déclarai que je n'en démordrai point, tant qu'ils ne m'eussent indiqué la bonne route. Ils ne furent ni l'un ni l'autre offensés, plutôt radoucis qu'autrement et me dirent que je n'avais qu'à les suivre. Et puis la mère me demanda qu'est-ce que je pouvais bien avoir à faire à pareille heure près du lac. Je lui répondis, à la façon écossaise, en m'informant si elle-même allait loin. Elle me dit, après un nouveau juron, qu'elle en avait pour une heure et demie de route devant elle. Et puis, sans autre au revoir, le couple continua de grimper au flanc de la montagne dans l'obscurité croissante.

Je retournai chercher Modestine, la fis démarrer bon train en avant et, après une pénible ascension de vingt minutes, j'atteignis le bord d'un plateau. Le spectacle, en considérant mon trajet de ce jour, était ensemble sauvage et attristant. Le mont Mézenc et les pics derrière Saint-Julien se détachaient en masses coupantes sur une lumière froide à l'est, et le banc intermédiaire de coteaux avait sombré entier dans un vaste marécage d'ombre, sauf, çà et là, le tracé en noir d'un pain de sucre boisé et, çà et là, un emplacement blanchâtre irrégulier qui représentait une ferme et ses cultures et, çà et là, un creux obscur à l'endroit où la Loire, la Gazeille ou la Laussonne erraient dans une gorge.

Bientôt nous fûmes sur une grand-route et troublante fut ma surprise d'apercevoir un village de quelque importance tout proche. Car, on m'avait raconté que le voisinage du lac n'avait d'autres habitants que des truites. La route poudroyait dans le crépuscule d'enfants rentrant au logis du bétail ramené des champs. Et un couple de femmes installées à califourchon sur leur cheval, chapeau, coiffe et tout, me dépassa à un trot martelé. Elles revenaient du canton où elles avaient été à l'église et au marché. Je demandai à l'un des gamins où je me trouvais. Au Bouchet-Saint-Nicolas me dit-il. Là, à un mille environ au sud de ma destination et sur l'autre versant d'un respectable sommet m'avaient conduit ces routes inextricables et la paysannerie trompeuse. Mon épaule était entamée et me faisait beaucoup souffrir, mon bras me lancinait comme une rage de dents, d'un continuel battement. J'envoyai à tous les diables le lac et mon intention d'y camper et m'enquis d'une auberge.

III

J'ai un aiguillon

L'auberge du Bouchet-Saint-Nicolas était des moins prétentieuses que j'aie jamais visitées, mais j'en vis beaucoup plus de ce genre durant mon voyage. Elle était, en effet, typique de ces montagnes françaises. Qu'on imagine une maison campagnarde à deux étages avec un banc devant la porte, la cuisine et l'étable contiguës, de sorte que Modestine et moi pouvions nous entendre dîner réciproquement. Ameublement des plus sommaires, sol de terre battue, un dortoir unique pour les voyageurs et sans autre commodité que des lits. Dans la cuisine, cuisson et manger vont de pair et la famille y dort la nuit. Quiconque a la fantaisie de faire sa toilette doit y procéder en public à la table commune. La nourriture est parfois frugale : du poisson sec et une omelette ont constitué en plus d'un cas mon menu. Le vin y est des plus médiocres, l'eau-de-vie abominable. Et la visite d'une énorme truie grognant sous la table et se frottant à vos jambes n'est pas un impossible accompagnement du repas.

Mais les gens de l'auberge, neuf fois sur dix, se montrent cordiaux et empressés. Aussitôt que vous avez passé le seuil, vous cessez d'être un étranger et, quoique ces paysans soient rudes et peu expansifs sur la grand-route, ils témoignent d'une notion de gentil savoir-vivre, dès que vous partagez leur foyer. Au Bouchet, par exemple, j'ai débouché ma bouteille de beaujolais et j'ai invité l'hôte à se joindre à moi. Il n'en voulut prendre qu'un rien.

– Je suis amateur de vin comme ça, voyez-vous, dit-il, et je suis capable de ne point vous en laisser à suffisance.

Dans ces auberges de peu, le voyageur s'attend à manger à la pointe de son couteau. À moins qu'il n'en réclame un, nul autre ne lui sera fourni. Avec un verre, un chanteau de pain, une fourchette de fer, la table est complètement dressée. Mon couteau fut copieusement admiré par le propriétaire du Bouchet et le ressort le remplit d'étonnement.

– Je n'en ai jamais vu de semblable, fit-il. Je parierais, ajouta-t-il, en le soupesant dans sa paume, qu'il ne coûte pas moins de cinq francs.

Quand je lui eus assuré qu'il en avait coûté vingt, il esquissa une moue.

C'était un doux vieillard, gentil, sensible, aimable, étonnamment ignorant. Sa femme, qui n'était pas de manières si plaisantes, savait lire, encore que je ne suppose pas qu'elle le fît jamais. Elle témoignait d'une certaine intelligence et parlait d'un ton tranchant comme quelqu'un qui porte les culottes.

– Mon homme ne connaît rien, dit-elle, avec un mouvement de tête agacé. Il est comme les bêtes !

Et le vieux monsieur donna acquiescement du bonnet. Il n'y avait point mépris de la part de l'épouse, ni honte chez le mari. Les faits étaient admis loyalement et ne tiraient pas autrement à conséquence.

Je fus minutieusement contre-questionné au sujet de mon voyage et la dame comprit en un instant. Elle esquissa ce que j'écrirai dans mon livre à mon retour : « Si les gens moissonnent ou non en tel ou tel endroit ; s'il y a des forêts ; des traits de mœurs, ce que, par exemple, moi-même et le maître de la maison nous vous disons ; les beautés de la nature et tout ça. » Et elle m'interrogea du regard.

– C'est précisément ça, répondis-je.

– Vous voyez, ajouta-t-elle pour son mari, j'ai compris.

Ils furent tous deux fort intrigués par l'histoire de mes mésaventures.

– Au matin, m'annonça le mari, je vous fabriquerai quelque chose de meilleur que votre bâton. Des bêtes comme ça, ça ne sent rien ; le proverbe le dit : *dur comme un âne*. Vous pourriez assommer votre baudet avec un gourdin et pourtant n'en point venir à bout.

Quelque chose de meilleur ! J'ignorais ce qu'il m'offrait.

Le dortoir était meublé de deux lits. J'en obtins un et je dois convenir que je fus un peu ahuri de trouver un jeune homme et sa femme et leur gosse en train de monter dans l'autre. C'était ma première expérience de l'espèce et si je suis toujours d'un sentimentalisme également innocent et distrait, je prie Dieu que ce soit d'ailleurs la dernière. J'ai gardé mes yeux pour moi et n'ai rien su de la jeune femme, sinon qu'elle avait de beaux bras et ne semblait pas embarrassée le moins du monde par ma présence.

En vérité, la situation était plus ennuyeuse pour moi que pour le couple. À deux, on peut conserver une mutuelle contenance, c'est au gentleman seul à rougir. Mais rien ne servait d'attribuer mes sentiments au mari et je pensai me concilier sa tolérance par un verre de brandy de mon flacon. Il me dit être un tonnelier d'Alais allant chercher du travail à Saint-Étienne et qui, à la morte-saison, cédait au fatal appel de marchand d'allumettes. Quant à moi, il avait vite deviné que j'étais un commis-voyageur en spiritueux.

J'étais debout à l'aube (lundi, 23 septembre) et dépêchai ma toilette d'une manière honteuse, afin de laisser champ libre à madame la femme du tonnelier. J'avalai un bol de lait et sortis explorer les environs du Bouchet. Il faisait un froid mortel, un matin gris, venteux, hivernal. Des nuées de brouillard filaient rapides et basses, le vent cornait sur le plateau dénudé et l'unique tache de couleur c'était, là-bas, derrière le mont Mézenc et les montagnes à l'est, un endroit où le ciel gardait encore l'orangé de l'aurore.

Il était cinq heures du matin à quatre mille pieds au-dessus du niveau des eaux de la mer ; il me fallut enfoncer les mains dans les poches et trotter. Des gens se groupaient au-dehors pour les labours de la campagne, par deux et par trois et tous se retournaient pour regarder l'étranger. Je les avais vus revenir le soir précédent, je les voyais repartir à leurs champs. Et c'était en résumé la vie entière du Bouchet.

Quand je fus de retour à l'auberge pour un déjeuner sommaire, la tenancière, dans la cuisine, peignait les cheveux de sa fille. Je lui fis mes compliments sur leur beauté.

– Oh ! non, fit la mère, ils ne sont pas aussi beaux qu'ils devraient être. Regardez, ils sont trop minces !

Ainsi la sagesse paysanne se console des circonstances physiques qui lui sont contraires et, par un étonnant processus démocratique, les insuffisances de l'ensemble décident du type de beauté.

– Et où, dis-je, est monsieur ?

– Le patron est au grenier, répondit-elle. Il vous fabrique un aiguillon.

Béni soit l'homme qui inventa les aiguillons ! Béni soit l'aubergiste du Bouchet-Saint-Nicolas qui m'en montra le maniement ! Cette simple gaule, pointue d'un huitième de pouce, était en vérité un sceptre, lorsqu'il me la remit entre les mains. À partir de ce moment-là, Modestine devint mon esclave. Une piqûre et elle passait outre aux seuils d'étable les plus engageants. Une piqûre et elle partait d'un joli petit trottinement qui dévorait les kilomètres. Ce n'était point, à tout prendre, une vitesse remarquable et il nous fallait quatre heures pour couvrir dix milles au mieux. Mais quel changement angélique depuis la veille ! Plus de manipulation du brutal gourdin ! Plus de fouettage d'un bras endolori ! Plus d'exercice de lutte, mais une escrime discrète et aristocratique ! Et qu'importait, si de temps à autre, une goutte de sang apparaissait, telle une cale, sur la croupe couleur de souris de Modestine ? J'eusse préféré autrement, certes, mais les exploits d'hier avaient purgé mon cœur de toute humanité. Le petit démon pervers, qu'on n'avait pu mater par la bonté, devait obéir quand même à la piqûre.

Il faisait un froid amer et glacial et, à part une cavalcade de dames à califourchon et un couple de facteurs ruraux, la route fut d'une solitude mortelle sur tout le parcours jusqu'à Pradelles. Je ne me souviens à peine que d'un incident. Un fringant poulain, portant une clochette au poitrail, s'élança vers nous d'une ruée à fond de train, à travers toute l'étendue des prés, comme un être sur le point d'accomplir de grands exploits, puis, soudain, changeant d'idée dans son jeune cœur de recrue, vira de bord et s'éloigna au galop ainsi qu'il était venu, sa clochette tintinnabulant dans le vent. Pendant longtemps ensuite, je vis sa noble attitude, tandis qu'il s'était arrêté et j'entendis le son du grelot. Lorsque j'eus atteint la grand-route, la chanson des fils télégraphiques semblait continuer la même musique.

Pradelles est situé au flanc d'un coteau dominant l'Allier, entouré d'opulentes prairies. On fauchait le regain de toutes parts, ce qui conférait au voisinage, ce matin d'automne orageux, une odeur insolite de fenaison. Sur la rive opposée de l'Allier, le site continuant de s'élever pendant des milles à l'horizon, un paysage d'arrière-saison hâlé et jauni, marqué des taches noires des bois de pins et des routes blanches sinuant parmi les monts au-dessus de l'ensemble, les nuages épandaient une ombre uniformément purpurine, triste et en quelque sorte menaçante, exagérant hauteurs et distances et donnant plus de relief encore aux sinuosités de la grand-route. La perspective était assez désolée mais stimulante pour un touriste. Car, je me trouvais maintenant à la lisière du Velay et tout ce que j'apercevais était situé dans une autre région – le Gévaudan sauvage, montagneux, inculte, de fraîche date déboisé par crainte des loups.

Les loups, hélas ! comme les bandits, semblent reculer devant la marche des voyageurs. On peut trôler à travers toute notre confortable Europe et n'y point connaître une aventure digne de ce nom. Mais ici, y fut-on jamais ailleurs, on se trouvait sur les frontières de l'espoir. C'était, en effet, le pays de la toujours mémorable Bête, le Napoléon Bonaparte des loups. Quelle destinée que la sienne ! Elle vécut dix mois à quartiers libres dans le Gévaudan et le Vivarais, dévorant femmes et enfants « et bergerettes célèbres pour leur beauté ». Elle poursuivit des cavaliers en armes. On la vit, en plein midi, chassant une chaise de poste et un piqueur au long du pavé du Roy, et chaise et piqueur fuyaient devant elle au grand galop. Elle tint l'affiche comme un malfaiteur public et sa tête fut mise à prix dix mille francs. Et pourtant, lorsqu'elle fut tuée et expédiée à Versailles, hé bien ! ce n'était qu'un loup banal et pas des plus gros, « quoique je puisse aller de pôle en pôle », chantait Alexander Pope. Le petit caporal ébranla l'Europe ; si tous les loups avaient ressemblé à ce loup-ci, ils eussent changé l'histoire de l'humanité. Élie Berthet a fait de lui le héros d'un roman que j'ai lu et que je n'ai nullement envie de relire.

Je dépêchai mon goûter et résistai au désir de l'aubergiste qui m'incitait vivement à visiter Notre-Dame de Pradelles « qui accomplissait beaucoup de miracles, bien qu'elle fût en bois » et, moins de trois quarts d'heure après, j'aiguillonnais Modestine en bas de la descente escarpée qui mène à Langogne-sur-Allier. Des deux côtés de la route, dans de vastes champs poussiéreux, des fermiers s'activaient en vue du prochain printemps. Tous les cinquante mètres, un attelage de bœufs lourds, aux fanons pendants, tirait patiemment une charrue. Je vis un de ces puissants et placides serviteurs de la glèbe prendre un subit intérêt à Modestine et à moi-même. Le sillon qu'il creusait menait à un angle de la route. Sa tête était solidement attachée au joug comme celle des cariatides sous une pesante corniche, mais il riva sur nous ses grands yeux honnêtes et nous accompagna d'un regard pensif jusqu'au moment où son maître le contraignit à retourner la charrue et commença de remonter le champ. De tous ces socs de charrue qui ouvraient le sol, des pas de bovins, de tout laboureur qui, ici ou là, brisait à la houe les mottes de terre desséchées, le vent portait au loin une poussière légère comparable à une épaisse fumée. C'était un tableau rural vivant, affairé, délicat et, tandis que je continuais à descendre, les hautes terres du Gévaudan ne cessaient de monter devant moi dans le ciel.

J'avais traversé la Loire le jour précédent, maintenant j'allais traverser l'Allier, tellement sont rapprochés les deux confluents près de leur source. Juste au pont de Langogne, alors que la pluie longtemps promise se mettait à tomber, une jeune fille d'entre sept ou huit, me posa la question rituelle : « *D'où est-ce que vous v'nez ?* » Elle le fit d'un air si hautain que je partis de rire aux éclats, ce qui la piqua au vif. C'était évidemment une personne qui escomptait du respect et elle demeura figée à me regarder dans une colère silencieuse, tandis que je traversais le pont et pénétrais dans le comté du Gévaudan.

LE HAUT GÉVAUDAN

Le chemin était fort fatigant parmi la poussière et les éclats de pierres ; il n'y avait pas dans toute la contrée une seule auberge ni une boutique de victuailles où se restaurer un peu.

Voyage du pèlerin.

I

Campement dans l'obscurité

Le jour suivant (mardi 24 septembre) il était deux heures de l'après-midi, avant que j'eusse terminé mon journal et rafistolé ma musette, car j'étais résolu à porter désormais mon havresac, et à ne plus m'encombrer de paniers. Une demi-heure plus tard, je partais pour le Cheylard-l'Évêque, localité sise à l'orée de la forêt de Mercoire. On peut, m'avait-on dit, y parvenir en une heure et demie et j'estimais à peine présomptueux de supposer qu'un homme embarrassé d'un bourriquet pouvait couvrir le même trajet en quatre heures.

Durant tout le chemin sur la longue montée depuis Langogne, il plut et grêla alternativement. Le vent continua de fraîchir ferme, quoique peu à peu. Des nuages qui se bousculaient en abondance – certains remorquant des rideaux d'ondées à fil droit, d'autres tassés et lumineux qui semblaient annoncer de la neige – accoururent du nord et me suivirent le long de la route. Je fus bientôt hors du bassin cultivé de l'Allier et loin des bœufs au labour, et des aspects de même ordre de la région. Des landes, des fonds vaseux à bruyères, des étendues de roches et de sapins, des bois de bouleaux nuancés par l'or de l'automne, çà et là, quelques minables chaumières et des champs mornes, telles étaient les caractéristiques du pays. Coteau et vallée suivaient vallée et coteau. De petits sentiers de chèvres, herbus et pierreux, sinuaient et s'entremêlaient, se divisaient en trois ou quatre, mouraient au lointain de creuses marécageuses et recommençaient d'essaimer, sporadiques, aux flancs des collines ou aux lisières d'un bois.

Il n'y avait pas de route directe jusqu'à Cheylard et ce n'est pas mince affaire de s'ouvrir un passage dans cette contrée rocailleuse à travers ce dédale intermittent de pistes. Il pouvait être quatre heures environ, lorsque j'atteignis Sagnerousse et poursuivis mon chemin, tout heureux d'un point de départ certain. Deux heures plus tard, au soir tombant rapidement, dans une accalmie du vent, je débouchai d'un bois de sapins où j'avais longtemps erré pour trouver, non point le village que je cherchais, mais une autre creuse marécageuse entre des hauteurs escarpées et glissantes. Pendant quelque temps, tout à l'heure, j'avais entendu devant moi tinter les clochettes d'un troupeau et, maintenant, tandis que je sortais des lisières du bois, j'aperçus à proximité une douzaine de vaches et peut-être encore plus d'êtres noirs que je présumais être des enfants, quoique le brouillard eût exagéré leurs silhouettes au point de les rendre presque méconnaissables. Tous se suivaient les uns les autres en silence, tournaient en rond, tantôt se tenant les mains, tantôt brisant la chaîne et cessant les révérences. Une danse enfantine incite à des pensées fort plaisantes et pures. Toutefois, à la nuit tombante sur les marais, c'était un spectacle étrange et fantastique. Même moi, qui suis un lecteur assidu d'Herbert Spencer, je sentis comme un silence s'appesantir un moment sur mon âme. Aussitôt, j'accélérai de l'aiguillon la marche de Modestine et la guidai au large, comme un bateau sans gouvernail. Dans une sente, elle avançait résolue de son plein gré, poussée, eût-on dit, par un vent favorable, mais une fois sur l'herbe et parmi la bruyère, voilà la bête devenue folle. La tendance des voyageurs égarés à tourner tout rond, dans un cercle, s'était développée en elle jusqu'à la rendre démente. Elle requit toute la capacité de gouverne que je conservais en moi pour la diriger à peu près en ligne droite dans un simple champ.

Tandis que je louvoyais ainsi désespérément à travers la tourbière, enfants et bétail avaient commencé à s'égailler, si bien qu'il ne restait plus qu'un couple de fillettes en arrière. D'elles je tentai de connaître la direction de ma route. Le paysan, en général, est peu disposé à renseigner un chemineau. Un vieux diable se retira tout bonnement dans sa demeure dont il barricada la porte à mon approche et j'eus beau frapper et appeler jusqu'à l'enrouement, il fit celui qui n'entend pas. Un autre m'ayant donné une indication que par la suite je reconnus inexacte, me regarda complaisamment m'engager dans la mauvaise direction, sans esquisser un geste. Il se souciait comme d'une guigne, si j'errais, la nuit entière, par les montagnes. Quant à ces deux jeunes filles, c'était une paire de péronnelles effrontées et sournoises, qui ne pensaient qu'à mal. L'une tira la langue devant moi, l'autre me dit de suivre les vaches et toutes deux se mirent à rire tout bas et à se pousser du coude. La Bête du Gévaudan a dévoré environ une centaine d'enfants de ce canton. Elle commençait à me devenir sympathique.

Laissant les fillettes, je poursuivis à travers la tourbière et parvins à un autre bois et à une route bien tracée. Il faisait de plus en plus sombre. Modestine soudain commençant à flairer quelque malice, pressa le pas d'elle-même et, dès ce moment, ne me causa plus aucun ennui. C'est le premier signe d'intelligence que j'eus l'occasion de remarquer chez elle. Au même moment le vent s'agita presque en tempête et une autre averse de pluie s'abattit accourant du nord. De l'autre côté du bois, j'aperçus dans les ténèbres quelques fenêtres rougeoyantes. C'était le hameau de Fouzilhic, trois maisons à flanc de coteau, près d'un bois de bouleaux. Là, je trouvai un charmant vieillard qui m'accompagna un bout de chemin sous la pluie, afin de me mettre en bonne voie sur la route de Cheylard. Il ne prétendit pas entendre parler de récompense, mais il agita les mains au-dessus de sa tête en geste de dénégation et, avec une volubilité criarde dans un *patois* immodéré, il refusa.

Tout semblait bien enfin. Mes pensées commençaient à s'aiguiller vers le dîner et un coin du feu et mon cœur se calmait agréablement dans ma poitrine. Et j'étais, hélas ! à deux doigts de nouvelles et plus grandes misères. Brusquement, d'un seul coup, la nuit survint. Je m'étais trouvé, à l'étranger, dans maintes nuits obscures, mais jamais dans une nuit plus obscure. Une lueur de roche, une lueur de sentier aux endroits où il était bien frayé, une vague densité floconneuse ou nuit dans la nuit, produite par un arbre – voilà tout ce que je pouvais discerner. Le ciel au-dessus de ma tête n'était que ténèbres, même les nuages continuaient leur course, invisibles à l'œil humain. Je ne pouvais distinguer ma main, à longueur de bras, du chemin, ni mon aiguillon, à même distance, des prairies ou du ciel.

Bientôt la route que je suivais se divisa, à la façon campagnarde, en trois ou quatre tronçons dans une étendue de pré rocailleux. Depuis que Modestine avait montré un tel caprice pour les chemins battus, j'essayais d'orienter son instinct dans cet ordre d'idée. Mais l'instinct d'un âne est ce qu'on peut attendre de son nom. En trente secondes, elle grimpait en tournant et tournant autour de quelques roches rondes, comme tel bourriquet perdu qu'il vous eût souhaité voir. J'eusse campé depuis longtemps si j'avais été convenablement pourvu ; comme il s'agissait d'une fort courte étape, je n'avais emporté ni vin ni pain pour moi et un peu plus d'une livre pour ma pauvre amie. Que l'on ajoute à cela que Modestine et moi étions généreusement trempés par les ondées. Maintenant, si j'avais trouvé de l'eau j'eusse campé aussitôt malgré tout. L'eau pourtant faisant totalement défaut, sinon sous les espèces de la pluie, je résolus de retourner à Fouzilhic et d'y quérir un guide me conduisant plus avant sur ma route – « un peu plus loin, prête-moi la main qui me dirige ».

Chose facile à décider, difficile à réaliser. Dans ces ténèbres mugissantes, et denses, je n'étais plus certain de rien, sinon de la direction du vent. Je lui fis face. La route a disparu et j'avance à travers le pays tantôt arrêté par des marécages, tantôt par des murailles inaccessibles à Modestine, jusqu'à ce que je revienne de nouveau devant quelques fenêtres rougeoyantes. Elles étaient, cette fois, différemment orientées. Ce n'était plus Fouzilhic, mais Fouzilhac, un hameau peu distant de l'autre dans l'espace, mais à des mondes plus loin quant à l'esprit de ses habitants. J'attachai Modestine à une grille et marchai à tâtons, trébuchant parmi les cailloux, plongeant à mi-jambes dans des fondrières jusqu'au moment d'atteindre l'entrée du village. Dans la première maison éclairée habitait une femme qui ne voulut pas ouvrir. Elle ne pouvait rien faire, me cria-t-elle à travers la porte, étant seule et infirme, mais si je voulais m'adresser à la maison voisine il y avait là un homme qui pourrait m'aider s'il avait du cœur.

Vinrent en force à la porte voisine un homme, deux femmes et une jeune fille, porteurs d'une paire de lanternes pour examiner le trimardeur. L'homme n'avait pas mauvaise mine mais un sourire fuyant. Il s'adossa contre le chambranle de la porte et m'écouta expliquer mon cas. Tout ce que je réclamais c'était un guide pour me conduire à Cheylard.

– *C'est que, voyez-vous, il fait noir,* dit-il.

Je répondis que c'était précisément pourquoi je réclamais assistance.

– Je comprends ça, fit-il, semblant mal à l'aise, *mais, c'est de la peine.*

Je voulais bien payer, fis-je. Il secoua la tête. J'offris jusqu'à dix francs, mais il continua de secouer la tête.

– Faites votre prix, alors, dis-je.

– *Ce n'est pas ça,* avoua-t-il enfin et comme à regret. Mais je ne franchirai pas le seuil – *je ne passerai pas la porte.*

Je m'échauffai un peu et lui demandai ce qu'il me proposait de faire.

– Où allez-vous après Cheylard ? interrogea-t-il en manière de réponse.

– Cela ne vous regarde pas, répliquai-je, car je n'entendais point satisfaire à sa curiosité de brute : « Ça ne change rien à ma situation présente. »

– *C'est vrai ça,* convint-il en riant. *Oui, c'est vrai ! Et d'où venez-vous ?*

Meilleur que moi se serait senti offensé.

– Ah ! dis-je, je ne vais répondre à aucune de vos questions. Aussi pouvez-vous vous épargner l'ennui de me les poser. Je suis déjà assez en retard. Je désire assistance. Si vous ne voulez pas me conduire vous-même, aidez-moi du moins à trouver quelqu'un d'autre qui y consente.

– Voyons donc ! s'écria-t-il soudain, n'est-ce point vous qui avez traversé la prairie, alors qu'il faisait encore jour ?

– Oui, oui ! fit la jeune fille que je n'avais pas jusqu'alors reconnue. C'était monsieur. Je lui ai dit de suivre le troupeau.

– Quant à vous, mademoiselle, fis-je, vous êtes une *farceuse.*

– Et, ajouta l'homme, que diable avez-vous fait pour être encore ici ?

Que diable, en effet ! Mais j'étais là.

– L'important, dis-je, est d'en finir. Et une fois de plus, je proposai qu'il m'aidât à trouver un guide.

– *C'est que,* reprit-il de nouveau, *c'est que… il fait noir.*

– Fort bien, dis-je. Prenez une de vos lanternes.

– Non, s'écria-t-il, hésitant à découvrir sa pensée et une fois de plus s'abritant derrière une de ses dernières phrases : je ne franchirai pas le seuil.

Je le regardai. Je lus sur son visage une réelle frayeur qui luttait avec une honte réelle. Il souriait piteusement et mouillait ses lèvres avec la langue, comme un écolier pris en faute. Je retraçai un tableau sommaire de ma situation et m'enquis de ce que j'allais faire.

– Je ne sais pas, dit-il. Je ne passerai pas le seuil.

Voilà la Bête du Gévaudan, pas d'erreur !

– Monsieur, dis-je de mon ton le plus cassant, vous êtes un pleutre !

Là-dessus, je tournai le dos au groupe familial qui se hâta de se retirer à l'intérieur de ses fortifications. Et la fameuse porte se referma, pas assez vite pourtant pour que je n'entendisse point un éclat de rire. *Filia barbara, pater barbarior.* Mettons cela au pluriel : les Bêtes du Gévaudan !

Les lanternes m'avaient en quelque sorte ébloui et je traçais, en plein désarroi, des sillons parmi pierres et tas d'ordures. Toutes les autres maisons du hameau étaient obscures et silencieuses et bien que je frappasse à une porte, ici et là, mes coups demeuraient sans réponse. Mauvaise affaire ! Je quittai Fouzilhac, vomissant des imprécations. La pluie avait cessé et le vent, encore violent, commençait de sécher mon chandail et mon pantalon. « Fort bien, pensais-je, avec ou sans eau, il s'agit de camper. » Mais, en premier lieu, il fallait retourner jusqu'à Modestine. Je suis certain d'avoir mis au moins vingt minutes à chercher ma gentille dame, à tâtons, dans l'obscurité. Et n'eût été la maudite fondrière dans laquelle je pataugeai une fois de plus qui fournissait une indication, j'eusse encore été occupé à chercher ma bête à l'aurore !

Mon autre souci fut de gagner l'abri d'un bois, car le vent était aussi glacial qu'impétueux. Comment dans cette région parfaitement boisée, ai-je pu mettre un si long temps à en trouver un, voilà un nouveau mystère des aventures de cette journée. Toutefois, j'en ferais serment, je mis près d'une heure à le découvrir.

Enfin des arbres noirs commencèrent d'apparaître à ma gauche et, soudain, au travers de la route, creusèrent devant moi une caverne de ténèbres sans solution de continuité. J'écris une caverne sans exagération : passer sous cette voûte de feuillage, c'était comme de pénétrer dans un donjon. Je tâtonnai aux alentours, jusqu'à ce que ma main rencontrât une forte branche à laquelle j'attachai Modestine – bourriquet hagard, ruisselant, effaré. Puis je mis bas mon paquetage, l'étendis contre la paroi bordant la route et dénouai les courroies. Je savais à peu près où se trouvait la lanterne, mais où étaient les bougies ? Je farfouillai et refarfouillai parmi les objets bouleversés et, tandis que je procédais ainsi à l'aveuglette, tout à coup mes doigts touchèrent la lampe à alcool.

Le salut ! Elle me serait utile ensuite d'ailleurs. Le vent mugissait sans répit dans les arbres. Je pouvais entendre les rameaux s'agiter et les feuillages faire un bruit de baratte sur un demi-mille de forêt. Pourtant la scène de mon campement n'était pas seulement aussi noire que de la poix, elle constituait un admirable refuge. À la seconde allumette craquée, la mèche s'enflamma. La lumière était ensemble livide et intermittente, mais elle me séparait de l'univers et doublait les ténèbres de la nuit commençante.

Je liai Modestine d'une manière pour elle plus confortable, et lui cassai la moitié du pain noir pour son souper, réservant l'autre moitié pour le lendemain. Puis je rassemblai ce que je désirais à ma portée, enlevai mes chaussures et mes guêtres mouillées que j'enveloppai dans mon imperméable, disposai mon havresac comme oreiller sous le flanquet de mon sac de couchage, insinuai mes jambes à l'intérieur de ce dernier et m'emmaillotai là-dedans comme un *bambino*. J'ouvris alors une boîte de saucisses boulonnaises et cassai une tablette de chocolat. C'était là tout ce que j'avais à me mettre sous la dent. Voici qui peut sembler désagréable, pourtant je mangeai chocolat et saucisse ensemble, morceau après morceau, en manière de pain et de viande. Tout ce que j'avais pour faire descendre cette rebutante mixture, c'était de l'eau-de-vie pure : un breuvage en soi écœurant. Mais je n'avais pas le choix et j'avais faim. J'ai dîné de bon appétit et fumé une des meilleures cigarettes de ma vie. Je plaçai ensuite une pierre dans mon chapeau de paille, rabattis le rebord de ma casquette en fourrure sur mon cou et mes yeux, déposai mon revolver à portée de la main et me blottis profondément au chaud de ma peau de mouton.

Je me demandais d'abord si j'allais trouver le sommeil, car je sentais mon cœur battre plus vite qu'à l'habitude, comme mû par une accélération agréable à quoi mon esprit demeurait étranger. Or, aussitôt que mes paupières se fermèrent, cette glu subtile s'insinua entre elles et elles ne se rouvrirent plus. Le vent dans les arbres me berçait d'une chanson dormoire. Parfois, il se faisait entendre pendant plusieurs minutes en un sifflement égal et continu, sans croître ni diminuer ; puis, de nouveau, il s'enflait et explosait avec fracas comme un énorme concasseur et les arbres m'aspergeaient des grosses gouttes de pluie de l'après-midi. Des nuits et des nuits, j'ai prêté l'oreille, dans ma chambre particulière de la campagne, à ce troublant concert du vent parmi les arbres ; mais soit différence d'essences ou illusion fictive produite par le sol, ou parce que je m'étais moi-même plus extériorisé et au fort de l'ouragan, le fait reste que le vent chante sur une gamme différente dans les bois du Gévaudan. Je ne cessais d'écouter et d'écouter toujours avec toute mon attention et, sur ces entrefaites, le sommeil prenait peu à peu possession de mon corps et domptait mes pensées et mes perceptions. Toutefois mon dernier effort de veille fut encore pour prêter l'oreille et discriminer et mon dernier état de conscience fut pour m'étonner de cette clameur étrange qui m'obsédait.

Deux fois, au cours de ces heures ténébreuses – d'abord lorsqu'une pierre me dérangea sous mon sac, ensuite lorsque la pauvre Modestine si patiente, devenant furieuse, frappa le sol du sabot et piétina sur la route – je repris un court instant conscience et j'aperçus quelques étoiles au-dessus de ma tête, puis, pareille à une dentelle, l'extrémité d'un feuillage sur le ciel. Quand je m'éveillai pour la troisième fois (mercredi 25 septembre) le monde était baigné d'une lumière bleue annonciatrice de l'aurore. Je vis les feuilles agitées par le vent et le ruban déroulé de la route, enfin, tournant la tête, Modestine attachée à un bouleau et, debout au travers de la sente, dans une attitude d'ineffable résignation. Je refermai les yeux et me mis à réfléchir aux incidents de la nuit. J'étais surpris de trouver comme elle avait été aisée et agréable, même par un temps épouvantable. La pierre qui m'avait gêné aurait pu ne point être là ; j'aurais pu n'être point contraint de camper à l'aveuglette dans la nuit épaisse, mais je n'avais éprouvé d'autre désagrément que de heurter du pied la lanterne ou le tome second des *Pasteurs du désert* de Peyrat entre le contenu bouleversé de mon sac de couchage. Hé ! que dis-je ? je n'avais ressenti nulle impression de froid et je m'étais éveillé avec une netteté et une légèreté de sensations extraordinaires.

Là-dessus, je me secouai, enfilai une fois de plus mes chaussures et mes guêtres puis, rompant ce qui restait de pain pour Modestine, je fis un tour d'horizon, afin de savoir dans quelle partie de l'univers je venais de m'éveiller. Ulysse, échoué en Ithaque et l'esprit en proie à la déesse, ne s'était point plus agréablement fourvoyé. J'avais cherché une aventure durant ma vie entière, une simple aventure sans passion, telle qu'il en arrive tous les jours et à d'héroïques voyageurs et me trouver ainsi, un beau matin, par hasard, à la corne d'un bois du Gévaudan, ignorant du nord comme du sud, aussi étranger à ce qui m'entourait que le premier homme sur la terre, continent perdu – c'était trouver réalisée une part de mes rêves quotidiens. J'étais à l'orée d'un boqueteau de bouleaux entremêlés de quelques hêtres. À l'arrière, il jouxtait à un bois de sapins et, par-devant, il se clairsemait et aboutissait naturellement dans une vallée peu profonde et herbeuse. Tout autour s'exagéraient des sommets de montagnes, certaines proches, d'autres distantes, suivant que la perspective se fermait ou s'ouvrait, aucune d'elles d'apparence plus haute que l'ensemble. Le vent entremêlait confusément les arbres. Les taches d'or de l'automne sur les bouleaux remuaient en frissonnant. Au-dessus de moi, le ciel s'emplissait de bandes et de lambeaux de brouillard voletant, s'évanouissant, réapparaissant et tournant autour d'une ligne médiane, pareils à des saltimbanques, cependant que le vent les pourchassait dans l'espace. Il faisait un temps orageux et un froid de famine. Je croquai quelques barres de chocolat, avalai une pleine gorgée de brandy, et fumai une cigarette avant que le froid ait pu m'engourdir les doigts. Et pendant le temps que j'avais accompli tout cela, refait mon paquetage et que je l'avais assujetti sur le bât, le jour, sur la pointe des pieds, était arrivé au seuil de l'est. Nous n'avions pas avancé de beaucoup d'enjambées sur le sentier que le soleil, encore invisible pour moi, épanouit sa gloire d'or sur les monts ennuagés qui dressaient, à l'est, leurs contreforts sur l'horizon.

Nous avions le vent en poupe et il nous poussait, mordant aux talons. Je boutonnai ma veste et me mis en marche dans une excellente disposition d'esprit envers tout le monde, lorsque, brusquement, à un débouché, une fois de plus se dressa Fouzilhic devant moi. Non seulement Fouzilhic, mais encore le vieux monsieur qui m'avait accompagné si loin le soir précédent. Il se précipita hors de sa demeure en me voyant, les mains levées au ciel, tout ému :

– Mon pauvre garçon ! s'écria-t-il, qu'est-ce que cela signifie ?

Je lui racontai ce qui était arrivé. Il battit des mains comme des claquets de moulin à penser comme il m'avait à la légère abandonné, mais lorsqu'il apprit l'histoire de l'individu de Fouzilhac, colère et humiliation envahirent son âme.

– Cette fois-ci, du moins, dit-il, il n'y aura plus d'erreur.

Et il m'accompagna en boitillant, car il était fort rhumatisant, pendant un demi-kilomètre à peu près, jusqu'à ce que je fusse en vue de Cheylard, la destination que j'avais si vainement cherchée.

II

Cheylard et Luc

À parler franc, Cheylard ne méritait qu'à peine toute cette recherche. Quelques issues accidentées de village, sans rues définies, mais une suite de placettes où s'entassaient des bûches et des fagots, une couple de croix avec des inscriptions, une chapelle à Notre-Dame-de-toutes-Grâces au faîte d'une butte, tout cela sis au bord d'une rivière murmurante des montagnes, dans un renfoncement de vallée aride. Qu'est-ce que tu allais voir là ? pensai-je en moi-même. Mais la localité avait sa vie originale. J'y trouvai un écriteau commémorant les libéralités de Cheylard, au cours de l'année précédente, suspendu comme une bannière dans la minuscule et branlante église. Il apparaissait que, en 1877, les habitants avaient souscrit quarante-huit francs et dix centimes pour « l'œuvre de la Propagation de la Foi ». Un peu de cet argent, je ne pouvais m'empêcher de l'espérer, serait destiné à mon pays natal. Cheylard amasse péniblement des petits sous pour les âmes d'Édimbourg encore plongées dans les ténèbres, tandis que Balquhidder et Dunrossness déplorent que Rome les ignore. Ainsi, pour la plus grande jubilation des anges, nous lançons des Évangélistes l'un contre l'autre, semblables à des écoliers qui se chamaillent dans la neige.

L'auberge était encore singulièrement dépourvue de prétentions. Tout l'ameublement d'une famille de condition aisée se trouvait dans la cuisine : les lits, le berceau, les vêtements, l'égouttoir aux assiettes, la maie à farine et la photographie du desservant de la paroisse. Il y avait là cinq enfants. L'un d'eux était occupé à ses prières du matin, au pied de l'escalier, peu après mon arrivée et un sixième naîtrait avant peu. Je fus aimablement accueilli par ces braves gens. Ils furent fort intéressés par mes mésaventures. Le bois dans lequel j'avais dormi leur appartenait. L'homme de Fouzilhac leur semblait un monstre d'iniquité et ils me conseillèrent chaudement de lui intenter une action en justice « parce que vous auriez pu périr ». La bonne femme fut tout effrayée de me voir boire d'un coup une pinte de lait non écrémé.

– Vous pourriez vous faire mal, me dit-elle. Laissez-moi au moins vous le faire bouillir.

Après avoir commencé ma matinée par cet exquis breuvage, comme elle avait à s'occuper d'une foule de choses, on me permit, que dis-je ? on me requit de me préparer moi-même un bol de chocolat. Mes souliers et mes guêtres furent suspendus à sécher et, voyant que je m'efforçais d'écrire mon journal sur les genoux, la plus âgée des filles rabattit à mon usage une table à charnières dans un coin de la cheminée. C'est là que j'écrivis, bus mon chocolat et, finalement, mangeai une omelette avant que de partir. La table était recouverte d'une généreuse couche de poussière, car, m'expliqua-t-on, on ne s'en servait qu'en hiver. J'avais, en levant la tête, une vue nette jusqu'au ciel par l'ouverture, à travers les amas noirâtres de la suie et la fumée bleue. Et chaque fois qu'on jetait une poignée de brindilles sur le feu, mes jambes rôtissaient à la flamme.

Le mari avait débuté dans la vie comme muletier et lorsque j'en vins au chargement de Modestine, il se montra plein d'expérience prévoyante. « Vous devriez modifier ce paquetage, dit-il ; il devrait être en deux parties et alors vous pourriez avoir double poids. »

Je lui expliquai que je ne désirais nullement augmenter le poids et que pour nul baudet jusqu'alors mis au monde, je ne voudrais couper en deux mon sac de couchage.

– Cela, pourtant, la fatigue, dit l'aubergiste, cela la fatigue fort pendant la marche. Regardez.

Hélas ! les deux jambes d'avant de Modestine n'avaient plus que chair à vif à l'intérieur et du sang lui coulait sous la queue. On m'avait affirmé au moment du départ, et j'étais assez disposé à y croire, qu'avant peu de jours, j'en viendrais à aimer Modestine comme un chien. Trois jours s'étaient écoulés, nous avions partagé quelques mésaventures et mon cœur était toujours aussi froid que glace à l'endroit de ma bête de somme. Elle était assez gentille à voir, mais aussi avait-elle donné preuve d'une foncière stupidité, rachetée, à dire vrai, par sa patience, mais aggravée par des accès de légèreté sentimentale déplacés et navrants. Et j'avoue que cette découverte constituait un autre grief contre elle. À quoi diable pouvait bien servir une ânesse, si elle ne pouvait porter un sac de couchage et de menus accessoires ? Je vis le dénouement de la fable arriver rapidement lorsqu'il me faudrait porter Modestine. Ésope était un homme qui connaissait le monde. Je vous assure que je me suis remis en route, le cœur lourd de soucis, pour ma courte étape de la journée.

Ce n'était pas seulement de graves pensées au sujet de Modestine qui m'accablèrent en chemin, c'était une affaire autrement pénible à supporter. En premier lieu, le vent souffla avec une telle violence que je fus contraint de retenir d'une main le paquetage depuis Cheylard jusqu'à Luc. En second lieu, mon chemin traversait une des contrées les plus misérables du monde. C'était en quelque sorte en dessous même des Highlands d'Écosse, en pire. Froide, aride, ignoble, pauvre en bois, pauvre en bruyère, pauvre en vie. Une route et quelques clôtures rompaient l'immensité uniforme et le tracé de la route était jalonné par des bornes dressées afin de servir de repère en temps de neige.

Comment on peut avoir envie de visiter Luc ou Le Cheylard, voilà plus que mon esprit fort inventif ne sait imaginer. Quant à moi, je voyage non pour aller quelque part, mais pour marcher. Je voyage pour le plaisir de voyager. L'important est de bouger, d'éprouver de plus près les nécessités et les embarras de la vie, de quitter le lit douillet de la civilisation, de sentir sous mes pieds le granit terrestre et les silex épars avec leurs coupants. Hélas ! tandis que nous avançons dans l'existence et sommes plus préoccupés de nos petits égoïsmes, même un jour de congé est une chose qui requiert de la peine. Toutefois, un ballot à maintenir sur un bât contre un coup de vent venu du nord glacial n'est point une activité de qualité, mais elle n'en contribue pas moins à occuper et à former le caractère. Et lorsque le présent montre tant d'exigences, qui peut se soucier du futur ?

Je débouchai enfin au-dessus de l'Allier. Il serait difficile d'imaginer perspective moins attrayante à cette époque de l'année. Des coteaux en pente élevaient un cirque fermé alternant ici bois et champs, et, là, dressant des pics tour à tour chauves ou chevelus de pins. L'atmosphère était d'un bout à l'autre noire et cendreuse et cette couleur aboutissait à un point dans les ruines du château de Luc qui s'éleva insolent sous mes pieds, portant à son pinacle une immense statue blanche de Notre-Dame. Elle pesait, je l'appris avec intérêt, cinquante quintaux, et devait être consacrée le 6 octobre. À travers ce site désolé coulait l'Allier et un affluent de volume quasi égal qui descendait le rejoindre à travers une large vallée nue du Vivarais.

Le temps s'était un peu éclairci et les nuages groupés en escadrons, mais le vent farouche les bousculait encore à travers le ciel et distribuait sur la scène d'immenses éclaboussures disloquées d'ombre et de lumière.

Luc lui-même se compose d'une double rangée éparse d'habitations resserrées entre une montagne et une rivière. Il n'offre aux regards ni beauté ni le moindre trait notable, sinon l'antique château qui le surplombe avec ses cinquante quintaux de Madone tout battant neufs. Mais l'auberge était propre et spacieuse. La cuisine avec ses beaux lits compartimentés tendus de rideaux en toile nette, l'immense cheminée de pierre, son manteau de quatre mètres de longueur, tout garni de lanternes et de statuettes religieuses, son appareil de coffres et ses deux horloges à tic-tac, formait le véritable modèle de ce que devrait être une cuisine – une cuisine de mélodrame à souhait pour bandits et gentilshommes travestis. Et la scène n'était pas déshonorée par l'hôtelière, une vieille femme, ombre silencieuse et digne, vêtue et coiffée de noir comme une nonne. Même le dortoir commun avait son caractère original avec ses tables longues et ses bancs de bois blanc, où cinquante convives auraient pu dîner, disposés comme pour une fête de la moisson, et ses trois lits compartimentés le long de la muraille. Dans l'un d'eux, couché sur la paille et recouvert par une paire de nappes, j'ai fait pénitence une nuit entière, le corps en chair de poule et claquant des dents. Et j'ai soupiré, de temps à autre, lorsque je m'éveillais, après mon sac en peau de mouton et l'orée de quelque grand bois sous le vent.

NOTRE-DAME-DES-NEIGES

J'aperçois la maison, l'austère communauté – et que suis-je pour que je sois ici ?

Matthew ARNOLD.

I

PÈRE APOLLINAIRE

Le lendemain matin (jeudi 26 septembre) je pris la route avec un nouvel arrangement. Le sac ne fut plus plié en deux, mais suspendu de toute sa longueur à la selle, saucisson vert de six pieds long avec une touffe de laine bleue qui dépassait à l'une ou l'autre des extrémités. C'était plus pittoresque, cela ménageait la bourrique et, ainsi que je m'en aperçus bientôt, assurait la stabilité, qu'il ventât ou non. Mais ce ne fut pas sans appréhension que je m'y résolus. Quoique j'eusse fait emplette à cet effet d'une corde neuve et tout disposé aussi solidement que j'en étais capable, j'étais pourtant méfiant et inquiet que les flanquets ne s'aillent détacher et éparpiller mes biens le long de la ligne de marche.

Ma route remontait la vallée chauve de la rivière longeant les confins de Vivarais et Gévaudan. Les monts du Gévaudan sur la droite étaient encore plus nus, si l'on peut dire, que ceux du Vivarais sur la gauche. Les premiers avaient un privilège de taillis rabougris qui croissaient épais dans les gorges et mouraient par buissons isolés sur les versants et les cimes. De sombres rectangles de sapins étaient plaqués çà et là sur les deux côtés. Une voie ferrée courait parallèle à la rivière. Unique tronçon de chemin de fer du Gévaudan quoiqu'il y ait plusieurs projets sur pied et que des études topographiques aient été entreprises et même, m'a-t-on assuré, qu'eût été déterminé l'emplacement d'une gare prête à être construite à Mende. Une année ou deux encore et ce sera un autre monde. Le désert est assiégé. Désormais quelques Languedociens peuvent traduire *en patois* le sonnet de Wordsworth : « Montagnes et vallons et torrents, entendez-vous ce coup de sifflet ? »

Dans une localité nommée La Bastide on me conseilla d'abandonner le cours de la rivière et de suivre une route qui grimpait sur la gauche parmi les monts du Vivarais, l'Ardèche moderne. Car j'étais maintenant parvenu au petit chemin menant à mon étrange destination : le couvent des trappistes de Notre-Dame-des-Neiges. Le soleil parut comme je quittais le couvert d'un bois de pins et je découvris tout à coup un joli site sauvage au sud. De hautes montagnes rocheuses, aussi bleues que du saphir fermaient l'horizon. Entre elles s'étageaient rangées sur rangées, des montagnes couvertes de bruyères et rocailleuses, le soleil étincelant sur les veines du roc, le taillis envahissant les ravins, aussi âpre qu'au jour de la création. Il n'y avait point apparence de la main de l'homme dans le paysage entier et, en vérité, pas trace de son passage, sauf là où une génération après une génération, avait cheminé dans d'étroits sentiers tortueux pénétrant sous les bouleaux et en sortant, en haut et en bas des versants qu'ils sillonnaient. Les brouillards, qui m'avaient cerné jusqu'alors, s'étaient maintenant résorbés en nuages et ils fuyaient en vitesse et brillaient avec éclat au soleil.

Je respirai longuement. Il était délicieux d'arriver, après si longtemps, sur un théâtre de quelque charme pour le cœur humain. J'avoue aimer une forme précise là où mes regards se posent et si les paysages se vendaient comme les images de mon enfance, un penny en noir, et quatre sous en couleur, je donnerais bien quatre sous chaque jour de ma vie.

Mais si l'aspect des choses s'était mieux développé au sud, c'était toujours désolation et inclémence à deux pas de moi. Une croix à trépied au faîte de chaque mont indiquait le voisinage d'un établissement religieux. À un quart de mille au-delà, la perspective sur le sud s'élargissait et devenait plus accentuée de pas en pas ; une blanche statue de la Vierge au coin d'une jeune plantation dirigeait le voyageur vers Notre-Dame-des-Neiges. Ici, j'obliquai donc sur la gauche et poursuivis ma route, poussant devant moi mon baudet séculier et au craquement de mes souliers et de mes guêtres laïques, vers l'asile du silence.

Je n'avais pas progressé bien loin que le vent m'apportait le tintement d'une cloche et je ne sais comment je ne saurais qu'à peine dire pourquoi, mon cœur, à ce bruit, se serra dans ma poitrine. J'ai rarement éprouvé plus d'angoisse sincère qu'en approchant ce monastère de Notre-Dame-des-Neiges. Est-ce d'avoir reçu une éducation protestante ? Et soudain, à un tournant, une crainte m'envahit de la tête aux pieds – crainte superstitieuse, crainte d'esclave. Bien que ne cessant d'avancer, je continuais pourtant avec lenteur, comme un homme qui aurait franchi, sans y prêter attention, une frontière et s'égarerait au pays de la mort. Là, en effet, sur une étroite route nouvellement ouverte, entre les pins adolescents, il y avait un moine médiéval se démenant avec une brouettée d'herbe. Tous les dimanches de mon enfance, j'avais l'habitude de feuilleter *Les Ermites* de Marco Sadeler, estampes passionnantes, emplies de bois et de champs et de paysages moyenâgeux aussi larges qu'un comté pour l'imagination qui y vagabondait ! Et c'était là sans doute un des héros de Sadeler. Il était enrobé de blanc comme un fantôme et le capuchon, retombé sur son dos dans son effort à pousser la brouette, découvrait un crâne aussi chauve et jaune qu'une tête de mort. Il aurait pu avoir été enterré quelque temps voici mille ans et toutes les parcelles de vie de son être réduites en poussière et brisées au contact de la herse d'un cultivateur.

J'avais en outre l'esprit troublé par l'étiquette. Devais-je adresser la parole à quelqu'un qui avait fait vœu de silence ? Évidemment non ! Toutefois, m'approchant, j'ôtai ma casquette devant lui avec une déférence superstitieuse, issue du fond des siècles. Il me fit un léger salut en retour et cordial s'adressa à moi. Est-ce que je me rendais au couvent ? Qui étais-je ? Un Anglais ? Ah ! un Irlandais, alors ?

– Non, dis-je, un Écossais.

Un Écossais ? Ah ! il n'avait jamais vu d'Écossais auparavant. Et il m'examina de haut en bas, sa bonne grosse figure honnête avivée d'intérêt, comme un gamin pourrait regarder un lion ou un caïman. De lui j'appris avec déplaisir que je ne pourrais être reçu à Notre-Dame-des-Neiges. Peut-être y pourrais-je faire un repas, mais c'était tout. Et alors, comme notre conversation continuait, et qu'il découvrait que je n'étais pas un colporteur, mais un homme de lettres qui dessinait des paysages et se proposait d'écrire un livre, il modifia sa manière de voir quant à ma réception (car j'ai peur qu'on n'ait égard aux personnes de qualité même dans un couvent de trappistes). Il me dit que je devais demander le Père Prieur, et lui exposer mon cas sans réserve. Sur nouvelles réflexions, il décida de descendre lui-même avec moi. Il pensait qu'il pourrait s'arranger au mieux en ma faveur. Pourrait-il dire que j'étais un géographe ? Non. Je pensais, dans l'intérêt de la vérité, qu'il ne le pouvait vraiment pas.

– Très bien ! alors (avec contrariété) un auteur ?

Il apparut qu'il avait été au séminaire en même temps que six Irlandais, tous prêtres depuis longtemps, qui recevaient des journaux et le tenaient au courant de la situation des affaires ecclésiastiques en Angleterre. Il s'informa avec empressement du Dr Posey pour la conversion de qui le brave homme avait continué, depuis toujours, de prier soir et matin.

– Je pensais qu'il était très près de la vérité, dit-il. Et il y parviendra finalement. Il y a beaucoup d'efficacité dans la prière.

Il faut être un protestant obstiné, un mécréant pour pouvoir prendre autre chose que du plaisir à cette histoire d'espérance ingénue. Tandis qu'il était si près du sujet, le bon père me demanda si j'étais chrétien et quand il reconnut que je ne l'étais pas ou du moins pas à sa façon, il glissa là-dessus avec une grande bonne volonté.

La route que nous suivions et que ce père athlétique avait construite de ses mains en l'espace d'un an arriva à un coude et nous découvrit quelques bâtiments blancs, un peu plus loin à l'arrière du bois. Au même instant, la cloche une fois de plus sonna au lointain. Nous étions tout près du couvent. Père Apollinaire (ainsi se nommait mon compagnon) m'arrêta :

– Je ne dois plus vous parler à partir d'ici, dit-il. Demandez le frère portier et tout ira bien. Mais essayez de me revoir quand vous sortirez de nouveau dans le bois, où j'ai permission de vous parler. Je suis enchanté d'avoir fait votre connaissance.

Et alors, levant soudain les bras, agitant les doigts et criant par deux fois : « Je ne dois plus parler, je ne dois plus parler ! », il s'enfuit devant moi et disparut sous le porche du monastère.

J'avoue que cette excentricité un peu spectrale contribua un instant à raviver mes craintes. Mais là où un seul était si bon et si naïf, pourquoi tous ne seraient-ils point pareils ? J'assumai un cœur courageux et me dirigeai vers la porte aussi vite que Modestine, qui semblait avoir de l'antipathie pour les couvents, me le permit. Depuis que je la connaissais, c'était la première porte qu'elle ne montrait pas une hâte inconvenante à franchir. J'assignai l'endroit dans les formes, quoique avec un battement de cœur. Père Michel, le père hospitalier et une paire de frères en robe de bure vinrent au guichet et confabulèrent avec moi un moment. Je pense que mon sac était la grande curiosité : il avait déjà séduit l'âme du pauvre Apollinaire qui m'avait chargé, sous serment, de le montrer au Père Prieur. Mais que ce fut ma diplomatie ou mon sac ou la certitude rapidement répandue dans cette partie de la communauté affectée au service des étrangers, qu'après tout je n'étais pas un colporteur, je n'éprouvai nulle difficulté à être admis. Modestine fut emmenée par un frère lai aux écuries et moi-même et mon paquetage fûmes reçus à Notre-Dame-des-Neiges.

II

Les moines

Le Père Michel, un homme souriant, aimable, au visage rosé, de trente-cinq ans peut-être, me conduisit à l'office et me donna un verre de liqueur, afin de me soutenir jusqu'au dîner. Nous fîmes un bout de conversation ou plutôt, devrais-je dire, il écouta mon bavardage avec assez d'indulgence, d'un air toutefois absent, comme un esprit en présence d'une créature d'argile. Et, en vérité, lorsque je me rappelle avoir parlé surtout de mon appétit et qu'il devait y avoir, à ce moment-là, plus de dix-huit heures depuis que Père Michel n'avait fait que rompre du pain, je suis bien obligé de comprendre qu'il devait trouver quelque saveur terrestre à mes propos. Mais sa politesse, bien qu'éthérée, était positivement exquise et j'avais au secret de mon cœur vif désir de connaître le passé du Père Michel.

Le cordial administré, je fus laissé seul pour un peu de temps, dans le jardin du couvent. Ce n'était rien d'autre que la cour principale, partagée en allées sablées et en plates-bandes aux dahlias multicolores, avec, au centre, une fontaine et une noire statue de la Madone. Les constructions s'élevaient autour de ce carré, tristes, n'ayant point encore reçu la patine des ans et des intempéries. Rien de saillant en dehors d'une tourelle et deux pignons coiffés d'ardoises. Des frères en blanc, des frères en brun, passaient, silencieux, dans les allées sablées et quand j'y vins la première fois, trois moines encapuchonnés étaient agenouillés sur la terrasse en train de prier. Une colline chauve domine le couvent d'un côté et le bois le domine de l'autre. Il se développe exposé au vent. La neige y tombe, par à-coups, d'octobre à mai, et parfois y stagne durant six semaines. Mais les bâtiments s'élèveraient-ils au paradis, dans une atmosphère analogue à celle des cieux, qu'ils n'en offriraient pas moins même aspect éventé et rebutant de toutes parts. Quant à moi, dans ce jour farouche de septembre, avant qu'on m'appelât à table, je me sentais là transi jusqu'aux moelles.

Lorsque j'eus bien dîné et de bon appétit, Frère Ambroise, un Français expansif (car tous ceux qui sont chargés des étrangers ont licence de parler) me conduisit dans une cellule dans cette partie du monastère située à l'écart *pour messieurs les retraitants.* Elle était proprement blanchie à la chaux, et meublée du strict nécessaire : un crucifix, un buste du dernier Pape, *L'Imitation* en français, un recueil de méditations pieuses, et *La Vie d'Elizabeth Seton*, missionnaire, semblait-il, de l'Amérique du Nord et de la Nouvelle-Angleterre en particulier. Pour autant que je sache, il y a un beau champ d'évangélisation encore dans ces contrées-là. Mais pensez à Cotton Mather. J'eusse aimé lui faire lire ce petit ouvrage dans le ciel où j'espère bien qu'il habite. Pourtant peut-être le connaît-il déjà et même beaucoup davantage. Et sans doute que Mme Seton et lui sont les meilleurs amis et unissent avec jubilation leurs voix dans une psalmodie sans fin.

Pour terminer l'inventaire de la cellule, au-dessus de la table était suspendu un résumé du règlement pour *messieurs les retraitants* : quels exercices ils pouvaient suivre, quand ils devaient réciter leur chapelet et méditer, quand ils devaient se lever et se coucher. En bas, il y avait un N. B. important : *Le temps libre est employé à l'examen de conscience, à la confession, à faire de bonnes résolutions, etc.* À prendre de bonnes résolutions, certes ! On pourrait parler aussi avantageusement de faire pousser des cheveux sur la tête.

J'avais à peine exploré mon gîte que le frère Ambroise réapparut. Un pensionnaire anglais, paraît-il, désirait s'entretenir avec moi. Je protestai de mon empressement et le religieux poussa dans la pièce un petit Irlandais frais et guilleret d'une cinquantaine d'années, diacre de l'église. Il était vêtu d'habits strictement canoniques et portait sur la tête ce que, à défaut de connaissance technique, je ne peux qu'appeler un *képi* ecclésiastique. Il avait vécu sept ans comme aumônier dans un couvent de nonnes en Belgique et, depuis lors, cinq ans à Notre-Dame-des-Neiges. Il n'avait jamais lu un journal anglais, ne parlait qu'imparfaitement le français et, l'eût-il parlé comme un autochtone, il n'avait pas grande chance de conversation là où il habitait. En outre, c'était un homme fort sociable, friand de nouvelles et d'esprit ingénu comme un enfant. S'il me plaisait d'avoir un guide pour la visite du monastère, il était non moins charmé de voir mon visage britannique et d'entendre parler anglais.

Il me fit les honneurs de sa cellule particulière, où il passait son temps parmi les bréviaires, les bibles en hébreu et les romans de Waverley. De là, il me mena dans la clôture, à la salle capitulaire, me fit traverser le vestiaire où les robes des frères et de vastes chapeaux de paille étaient suspendus, chacun avec le nom d'un religieux sur une pancarte – des noms pleins de suavité et d'originalité, tels que Basile, Hilarion, Raphaël ou Pacifique. Enfin, il me conduisit à la bibliothèque où se trouvaient les œuvres complètes de Veuillot et de Chateaubriand et les *Odes et Ballades*, s'il vous plaît, et même Molière, pour ne rien dire d'innombrables pères et d'une grande variété d'historiens locaux et généraux. De là, mon bon Irlandais m'emmena faire la tournée des ateliers où des frères boulangent, fabriquent des roues de chariot, et font de la photographie. Là, l'un d'eux préside à une collection de curiosités et un autre à une galerie de lapins. Car, dans une communauté de trappistes, chaque moine a une occupation de son choix, en dehors de ses fonctions religieuses et des besognes générales de l'établissement.

Chacun doit chanter au chœur, s'il a de la voix et de l'oreille, se joindre aux faneurs s'il sait balancer la faux. Mais pendant ses loisirs, quoiqu'il soit loin d'être oisif, il peut s'occuper selon ses goûts. Ainsi, me dit-on, un frère était engagé dans la littérature, tandis que le Père Apollinaire s'affaire à la construction des routes et que l'Abbé s'emploie à la reliure des livres. Il n'y avait pas longtemps que cet abbé avait été intronisé et, à cette occasion, par faveur spéciale, sa mère avait été autorisée à pénétrer dans la chapelle et à assister à la cérémonie de consécration. Un jour d'orgueil pour elle d'avoir un fils abbé mitré ! Il fait plaisir de penser qu'on lui a permis l'accès du cloître.

Dans ces allées et venues çà et là nous croisions, chemin faisant, beaucoup de pères et de frères. D'ordinaire ils n'accordaient pas plus d'attention à notre passage qu'à la fuite d'un nuage. Mais parfois l'excellent diacre se permettait de leur poser une question et il lui était satisfait par un geste particulier des mains, comparable à celui des pattes d'un chien qui nage, ou opposé refus par les signes habituels de la négation. Dans l'un et l'autre cas, paupières baissées et avec un certain air de contrition, comme de quelqu'un qui côtoierait de fort près le diable en personne.

Les moines, par autorisation extraordinaire de leur Abbé prenaient encore deux repas par jour. Mais c'était déjà l'époque de leur grand jeûne qui commence environ septembre et se prolonge jusqu'à Pâques. Pendant ce temps, ils ne mangent qu'une fois toutes les vingt-quatre heures et cela, à deux heures de l'après-midi, douze heures après avoir commencé la fatigue et la veille quotidiennes. Leurs mets sont peu abondants, et même de ceux-là, ils ne prennent qu'avec parcimonie et, bien qu'à chacun soit attribué un petit carafon de vin, beaucoup s'abstiennent de cette douceur. Sans doute la plupart des hommes de toute évidence se nourrissent trop ; nos repas servent non seulement à nous sustenter, mais à nous procurer une heureuse et normale diversion aux labeurs de la vie. Pourtant, bien que l'excès soit préjudiciable à la santé, j'aurais cru suffisant ce régime des trappistes. Et je suis étonné, lorsque j'y repense, de la fraîcheur de visage et de la gaieté d'humeur de tous ceux que j'ai vus. Des gens de meilleure compagnie et mieux portants, je peux à peine l'imaginer. Et, en fait, sur ce plateau sinistre, et avec l'incessant travail des moines, la vie est d'une durée incertaine et la mort visiteuse fréquente à Notre-Dame-des-Neiges. C'est ce que, du moins, l'on m'affirmait. Pourtant s'ils meurent sans regret, ils doivent en même temps vivre sans maladie, car tous semblent de chair ferme et hauts en couleur. L'unique signe morbide que je pouvais remarquer, un anormal éclat du regard, tendant plutôt à accroître l'impression générale de longévité et de vigueur.

Ceux auxquels j'ai parlé étaient de caractère singulièrement doux avec ce que je ne puis nommer qu'un sain contentement d'âme dans la physionomie et les propos. Il y a un avis, à la direction des visiteurs, invitant ceux-ci à ne se point formaliser des rares paroles de ceux qui les servent, puisque c'est le propre des moines de parler peu. On aurait pu se dispenser de cet avis. Pour chacun, les hospitaliers étaient tout débordants d'innocents bavardages et, dans ma pratique de la communauté, il était plus facile d'aborder une conversation que de la rompre. À l'exception du Père Michel, qui était un homme du monde, ils témoignaient tous d'un bel intérêt sans feinte pour n'importe quel sujet : politique, voyage, mon sac de couchage. Et non sans éprouver une certaine jouissance à entendre le son de leur propre voix.

Quant à ceux auxquels le silence est imposé, je ne puis qu'admirer comment ils supportent leur solennel et froid isolement. Et pourtant, mis à part le point de vue de la mortification, il me semble voir une sorte de politique, non seulement dans l'exclusion des femmes, mais même dans ce vœu de silence. J'ai quelque pratique des défunts phalanstères de caractère artistique, pour ne pas dire bachique. J'ai vu plusieurs de ces associations se former sans peine et plus aisément encore disparaître. Sous une règle cistercienne peut-être auraient-elles pu durer plus longtemps. Dans le voisinage des femmes il n'y a guère que les groupements « toucher et parer » qui peuvent être institués parmi des hommes sans défense. L'électrode positive est sûre de l'emporter. Les rêves de l'enfance, les plans de l'adolescence sont abandonnés après une rencontre de dix minutes et les arts et sciences et la gaillardise masculine professionnelle cèdent aussitôt à deux yeux doux et à une voix caressante. En outre, après cela, la langue est le plus grand commun diviseur.

J'ai presque honte de poursuivre cette critique profane d'une règle religieuse. Toutefois, il y a encore un autre point au sujet duquel l'ordre des Trappistes appelle mon témoignage comme étant un modèle de sagesse. Vers deux heures du matin, le battant frappe sur la cloche et ainsi de suite, heure par heure, voire parfois par quart d'heure, jusqu'à huit heures moment du repos. Ainsi, d'une façon minutieuse, le jour est partagé entre diverses occupations. L'homme qui prend soin des lapins, par exemple, se précipite de son clapier à la chapelle, à la salle du chapitre ou au réfectoire tout le long de la journée. À toute heure, il a un office à chanter, une tâche à remplir. Depuis deux heures lorsqu'il se lève dans l'obscurité, jusqu'à huit heures lorsqu'il retourne recevoir le don consolant du sommeil, il reste debout absorbé par de multiples et changeantes besognes. Je connais bien des personnes, voire plusieurs milliers par an, qui n'ont pas cette chance-là dans l'emploi du temps de leur vie. En combien de maisons l'appel de la cloche d'un monastère morcelant les jours en portions faciles à entreprendre n'apporterait-il pas la tranquillité d'esprit et l'activité réconfortante du corps ! Nous parlons de fatigues, mais la fatigue réelle n'est-ce point d'être un sot hébété et de laisser la vie mal gérée selon notre manière étroite et folle.

De ce point de vue, sans doute pouvons-nous mieux comprendre l'existence des moines. Un long noviciat et toutes preuves de constance spirituelle et de vigueur physique sont requis avant qu'on soit agréé dans l'ordre. Mais je ne vois pas que beaucoup de postulants s'en trouvent découragés. Dans le studio photographique qui figure si bizarrement parmi les bâtiments hors de la clôture, mon regard fut accroché par le portrait d'un jeune homme en uniforme de fantassin de deuxième classe. C'était un des moines qui avait effectué son temps de service, fait des marches et des exercices et monté la garde pendant les années exigées dans une garnison algérienne. Voilà un homme qui avait considéré assurément les deux aspects de la vie avant de prendre une décision. Pourtant, aussitôt libéré du service militaire, il était revenu achever son noviciat.

Cette règle austère inscrit un homme pour les cieux comme de droit. Lorsque le trappiste est malade, il ne quitte pas son habit. Il repose au lit mortuaire comme il a prié et travaillé dans son existence de frugalité et de silence. Et lorsque la Libératrice arrive, au même moment, voire avant qu'on l'ait emporté dans sa robe pour coucher le peu qu'il reste de lui dans la chapelle parmi le plain-chant sans fin, les carillons de cloches joyeuses, comme s'il s'agissait d'épousailles, s'envolent de la tour aux ardoises et publient dans le voisinage qu'une âme est retournée à Dieu.

À la nuit, sous la conduite de mon brave Irlandais, je pris place dans la tribune pour entendre complies et le *Salve Regina* par quoi les cisterciens terminent chacune de leurs journées. Il n'y avait là aucun de ces éléments qui frappent le protestant comme puérils ou spectaculaires dans la liturgie du catholicisme romain. Une rigoureuse simplicité, sublimisée par le romanesque environnant parlait directement au cœur. Je me remémore la chapelle blanchie au lait de chaux, les silhouettes encapuchonnées dans le chœur, les lumières alternativement cachées ou révélées, le rude chant viril, le silence qui s'ensuivait, le spectacle des cagoules inclinées par la prière et puis le battement au déclic tranchant de la cloche qui cessait afin de montrer que le dernier office était terminé et que l'heure de dormir était venue. Et lorsque je m'en souviens, je ne suis pas surpris de m'être évadé dans le cortile intérieur, en quelque sorte comme saisi de vertige et d'être demeuré là, debout, pareil à un insensé, sous le vent de la nuit stellaire.

Mais j'étais fatigué et lorsque j'eus reposé mes esprits avec les mémoires d'Elizabeth Seton – un morne ouvrage ! – le froid et le croassement du vent parmi les pins (car ma chambre se trouvait de ce côté du couvent qui jouxte au bois) me disposèrent promptement au sommeil. Je fus réveillé au minuit ténébreux, à ce qu'il semblait, bien qu'il fût réellement deux heures du matin, par les premiers coups de la cloche. Tous les frères alors se précipitaient à la chapelle. Les morts-vivants, à cette minute insolite, commençaient déjà les travaux sans consolation de leur journée. Les morts-vivants ! Quelle image à vous glacer ! Et les paroles d'une chanson de France me revinrent en mémoire qui disaient le meilleur de notre vie paradoxale :

Que t'as de belles filles,
Giroflée,
Girofla !
Que t'as de belles filles,
L'Amour les comptera !

Et je rendis grâces à Dieu d'être libre d'errer, libre d'espérer, libre d'aimer !

III

Les pensionnaires

Mais il y eut un autre aspect de mon séjour à Notre-Dame-des-Neiges. À cette saison tardive, les pensionnaires y étaient peu nombreux. Pourtant, je n'étais pas seul dans la partie publique du monastère. Elle est située près de la porte d'entrée et comprend une petite salle à manger au rez-de-chaussée et, à l'étage, un couloir entier de cellules pareilles à la mienne. J'ai sottement oublié le prix de pension pour un *retraitant* régulier ; c'était entre trois et cinq francs par jour environ et, il me semble bien, plus près du premier prix. Des visiteurs de raccroc comme moi pouvaient donner ce qu'ils voulaient en offrande spontanée ; toutefois on ne leur réclamait rien. Je dois mentionner que, lorsque je fus sur le point de partir, Père Michel refusa vingt francs comme une somme excessive. Je lui exposai la raison qui me poussait à lui offrir autant, même alors, par un curieux point d'honneur, il ne prétendit pas recevoir lui-même cet argent.

– Je n'ai pas le droit de refuser pour le couvent, expliqua-t-il, mais je préférerais que vous le remettiez à l'un des frères.

J'avais dîné seul, parce que tard arrivé, toutefois, au souper, je trouvai deux autres hôtes. L'un était un desservant d'une paroisse rurale qui avait marché la matinée entière depuis sa cure sise près de Mende pour goûter quatre jours de retraite et de prière. C'était un véritable grenadier avec le teint fleuri et les rides circulaires d'un paysan. Et, tandis qu'il se lamentait d'avoir été entravé dans sa marche par sa robe, j'avais de lui un portrait imaginaire plein de vie, faisant de larges enjambées, bien d'aplomb, de forte structure, la soutane retroussée, à travers les mornes collines du Gévaudan. L'autre était un type court, grisonnant, trapu, de quarante-cinq à cinquante ans, vêtu de *tweed* et d'un chandail et le ruban rouge d'une décoration à la boutonnière. Ce dernier était un personnage difficile à classer. C'était un vieux militaire qui avait fait sa carrière dans l'armée et s'était élevé au grade de commandant. Il gardait quelque chose des façons de décision brusque des camps. D'autre part, aussitôt que sa démission avait été agréée, il était venu à Notre-Dame-des-Neiges comme pensionnaire et, après une brève expérience de la règle du couvent, avait résolu d'y rester comme novice. Déjà la vie nouvelle commençait de modifier sa physionomie. Déjà il avait acquis un peu de l'air souriant et paisible des frères. Cependant ce n'était ni un officier, ni un trappiste : il participait de l'un et de l'autre état. Et certes, c'était là un homme à un tournant intéressant de l'existence. Hors du tumulte des canons et des clairons, il était en train de passer dans ce calme pays limitrophe à la tombe où des hommes dorment chaque nuit dans leurs habits de cimetière et, comme des fantômes, communiquent par signes.

Au souper, nous parlâmes politique. Je me fais un devoir, lorsque je suis en France, de prêcher la bonne volonté et la tolérance politiques et d'insister sur l'exemple de la Pologne, à peu près comme certains alarmistes en Angleterre citent l'exemple de Carthage. Le prêtre et le commandant m'assurèrent de leur sympathie au sujet de tout ce que je disais et poussèrent un profond soupir sur l'âpreté des mœurs politiques contemporaines.

– Il est vrai, dis-je, qu'on peut difficilement discuter avec quelqu'un qui ne professe pas absolument les mêmes opinions, sans qu'il se mette immédiatement en colère contre vous.

Tous deux déclarèrent qu'un tel état d'esprit était antichrétien.

Tandis que nous devisions de la sorte, comment ma langue fourcha-t-elle sur un unique mot à la louange du modérantisme de Gambetta. Le visage du vieux militaire s'empourpra aussitôt d'un afflux sanguin. Des paumes de ses deux mains, il heurta la table comme un gamin rageur.

– *Comment, monsieur !* s'écria-t-il. Comment ? Gambetta modéré ! Oseriez-vous justifier ces mots ?

Mais le prêtre n'avait pas oublié l'esprit général de notre conversation. Et soudain, à la pointe de sa colère, le vieux soldat rencontra un regard d'avertissement arrêté sur sa figure. L'absurdité de sa conduite lui apparut dans un éclair et la tempête prit fin, sans qu'il ajoutât un mot de plus.

Ce ne fut qu'au matin, après notre café (vendredi 27 septembre), que le couple découvrit que j'étais un hérétique. Je suppose que je l'avais induit en erreur par quelques phrases admiratives sur la vie monastique autour de nous. Ce ne fut que par une question à bout portant que la vérité se fit jour. J'avais été accueilli avec tolérance à la fois par le candide Père Apollinaire et l'astucieux Père Michel, et le bon Irlandais, lorsqu'il avait appris ma débilité religieuse, m'avait simplement frappé sur l'épaule, en disant : « Vous devez devenir un catholique et aller au ciel ! » Mais je me trouvais maintenant au milieu d'une secte d'orthodoxes différente. Ces deux hommes étaient amers, intransigeants et étroits comme les pires Écossais. Et au vrai, j'en jurerais, ils étaient plus puritains.

Le prêtre renâcla tout haut comme un cheval de combat.

– *Et vous prétendez mourir dans cette espèce de croyance ?* interrogea-t-il. Il n'est point de caractères assez gras employés par les imprimeurs mortels pour traduire son accent.

Humblement, j'observai que je n'avais point dessein d'en changer.

Mais il ne pouvait se contenter d'une aussi monstrueuse attitude.

– Non ! non ! s'écria-t-il, vous devez vous convertir. Vous êtes venu ici. Dieu vous a conduit ici et vous devez profiter de l'occasion.

Je fis une dérobade polie. J'en appelai à mes affections familiales, quoique je m'adressasse à un prêtre et à un soldat, deux classes de citoyens par hasard dégagés de ces aimables liens de la vie du foyer.

– Vos père et mère ? s'exclama le prêtre, vous les convertirez à leur tour, lorsque vous rentrerez chez vous !

Il me semble voir la tête de mon père ! Je préférerais plutôt m'emparer du lion de Gétulie dans son antre que de m'embarquer dans pareille entreprise contre la théologie des miens.

Désormais la chasse était ouverte. Prêtre et soldat formaient une meute acharnée à ma conversion. Et l'œuvre de la Propagation de la Foi, pour laquelle les gens de Cheylard avaient souscrit quarante-sept francs dix centimes pendant l'année 1877, continuait vaillamment contre moi son offensive. C'était un prosélytisme baroque, mais des plus impressionnants. Ils ne pensèrent jamais à me convaincre par une argumentation où j'eusse pu tenter quelque défense. Ils tenaient pour certain que j'étais ensemble honteux et effrayé de ma position. Ils me pressaient uniquement sur la question d'opportunité. « Maintenant, disaient-ils, maintenant que Dieu m'avait conduit à Notre-Dame-des-Neiges, – c'était l'heure prédestinée. »

– Ne soyez pas retenu par l'amour-propre, observa le prêtre afin de m'encourager.

Pour quelqu'un qui professe des sentiments de tous points égaux à l'endroit de tous les genres de religion, et qui n'a jamais été capable, même une minute, de peser sérieusement le mérite de cette croyance-ci ou de celle-là sur le plan éternel des êtres, bien qu'il puisse y avoir beaucoup à louer ou à blâmer sur le plan temporel et séculier, la situation ainsi créée était tout ensemble déplaisante et pénible. Je commis une seconde faute de tact en m'efforçant de plaider que tout revenant, en fin de compte, à la même chose, nous tendions tous à nous rapprocher, par des voies différentes, du même Ami et Père – sans le préciser. Cela, comme il semble à des esprits laïques, serait l'unique Évangile qui méritât ce nom. Mais des hommes divers pensent de manière différente. Cet élan révolutionnaire fit brandir au prêtre toutes les terreurs de la loi. Il se lança dans des détails bouleversants sur l'enfer. Les damnés, dit-il – sur la foi d'un petit livre qu'il avait lu il n'y avait pas une semaine et que pour ajouter conviction à sa conviction il avait eu tout à fait l'intention d'emporter avec lui dans sa poche –, les damnés se trouvaient conserver la même attitude durant toute l'éternité au milieu d'épouvantables tortures. Et, tandis qu'il discourait ainsi, sa physionomie croissait en noblesse en même temps qu'en enthousiasme.

Comme décision, tous deux concluaient que je devais chercher à voir le Prieur, puisque le Père Abbé était absent, et exposer mon cas devant lui sans tarder.

– *C'est mon conseil comme ancien militaire*, observa le commandant *et celui de monsieur, comme prêtre.*

– Oui, ajouta le curé en faisant un signe de tête sentencieux, *comme ancien militaire et comme prêtre.*

À ce moment, tandis que je n'étais pas sans embarras comment répondre, entra un des moines : un petit type brun aussi vif qu'une anguille, avec un accent italien, qui se mêla aussitôt à la discussion, mais avec une humeur plus conciliante et plus persuasive, ainsi qu'il convenait à l'un de ces aimables religieux. On n'avait qu'à le regarder, dit-il. La règle était très dure. Il aurait joliment aimé demeurer dans son pays, l'Italie – on savait combien ce pays était beau, la belle Italie ; mais alors, il n'y avait point de trappistes en Italie et il avait une âme à sauver et il était ici.

J'ai peur qu'il n'y ait, au fond de tous ces sentiments, ce dont un critique de l'Inde m'avait gratifié : « Un hédonisme qui se meurt. » Car cette explication des motifs d'agir du frère me choquait un peu. J'eusse préféré penser qu'il avait choisi cette existence pour l'intérêt qu'elle offrait et non point en vue de desseins ultérieurs. Cela montre combien j'étais loin de sympathiser avec ces bons trappistes, même lorsque je faisais de mon mieux pour y parvenir. Mais au curé l'argument parut décisif.

– Écoutez ça ! s'écria-t-il. Et j'ai vu un marquis ici, un marquis, un marquis – il répéta le mot sacré trois fois de suite – et d'autres personnages haut placés dans la société. Et des généraux ! Et ici, à votre côté, est ce monsieur qui a été tant d'années sous les armes – décoré, un ancien guerrier. Et le voici, prêt à se vouer à Dieu.

J'étais, pendant cette harangue, si complètement embarrassé que je prétextai avoir froid aux pieds et m'évadai de la salle. C'était par une matinée de vent farouche avec un ciel nettoyé et de longues et puissantes soleillées. J'errai jusqu'au dîner dans une région sauvage en direction de l'est, cruellement frappé et mordu par l'ouragan, mais récompensé par des points de vue pittoresques.

Au dîner, l'Œuvre de la Propagation de la Foi recommença et, à cette occasion, encore plus déplaisante pour moi. Le prêtre me posa plusieurs questions sur la méprisable croyance de mes ancêtres et reçut mes répliques avec une sorte de ricanement ecclésiastique.

– Votre secte, dit-il, une fois, car je pense que vous voudrez bien admettre que ce serait lui faire trop d'honneur que de l'appeler une religion…

– Comme il vous plaira, monsieur, répondis-je. *Vous avez la parole.*

À la fin, il se fâcha de ma résistance et quoiqu'il fût sur son propre terrain et qui plus est, à ce sujet, un vieillard et ainsi avait droit à l'indulgence, je ne pus m'empêcher de protester contre son manque de courtoisie. Il fut tristement décontenancé.

– Je vous assure, fit-il, que je n'ai nulle envie de rire au fond du cœur. Aucun autre sentiment ne me pousse que l'intérêt que je porte à votre âme.

Et là finit ma conversion. Le brave homme ! Ce n'était pas un phraseur dangereux mais un curé de campagne, plein de zèle et de foi. Puisse-t-il parcourir longtemps le Gévaudan, sa soutane retroussée – un homme solide à la marche et solide au réconfort de ses paroissiens, à l'heure de la mort ! J'oserai dire qu'il traverserait vaillamment une tourmente de neige pour aller où son ministère l'appellerait. Ce n'est pas toujours le croyant le plus débordant de foi qui fait l'apôtre le plus habile !

ENCORE LE HAUT GÉVAUDAN

Le lit était fait, la chambre prête.
Pour leur veillée ponctuelle, les étoiles étaient allumées,
L'air était calme, l'eau coulait ;
Il n'était besoin de servante ni de domestique
Quand nous nous levâmes, baudet et moi,
Au vert caravansérail du bon Dieu.

Pièce ancienne.

I

À travers le Goulet

Le vent tomba pendant le dîner et le ciel resta clair. Aussi fût-ce sous les meilleurs auspices que je chargeai Modestine devant la porte du couvent. Mon ami irlandais m'accompagna assez loin sur la route. Tandis que nous traversions le bois, on rencontra le Père Apollinaire poussant sa brouette. Et il planta là son bêchage pour m'escorter peut-être une centaine de mètres, retenant ma main entre les siennes. Je quittai d'abord l'un puis l'autre, avec un regret nullement feint, pourtant avec la joie du voyageur qui secoue la poussière d'une étape avant de s'élancer vers une autre. Puis Modestine et moi remontâmes le cours de l'Allier (ce qui nous ramena dans le Gévaudan) vers sa source dans la forêt de Mercoire. Ce n'était plus qu'un ruisseau sans importance bien avant de cesser de le suivre. De là, une colline franchie, notre route nous fit traverser un plateau dénudé jusqu'au moment d'atteindre Chasseradès, au soleil couchant.

La compagnie réunie, ce soir-là, dans la cuisine de l'auberge se composait de tous les ouvriers employés aux études topographiques pour l'une des voies ferrées projetées. Ils étaient intelligents et de conversation agréable et nous décidâmes de l'avenir de la France au-dessus d'un vin chaud jusqu'à ce que l'heure tardive marquée par l'horloge nous chassât coucher. Il y avait quatre lits dans la petite chambre à l'étage et nous étions six à y dormir. Mais j'eus un lit pour moi seul et je persuadai mes compagnons de laisser la fenêtre ouverte.

– *Hé, bourgeois, il est cinq heures !* Tel fut le cri qui m'éveilla au matin (samedi 28 septembre). La chambre était remplie d'une buée transparente qui me laissa obscurément entrevoir les trois autres lits et les cinq bonnets de nuit différents sur les oreillers. Mais par-delà la fenêtre l'aurore empourprait d'une large bande rouge le sommet des montagnes et le jour allait inonder le plateau. L'heure était suggestive et il y avait la promesse de temps calme qui fut parfaitement tenue. J'étais bientôt en chemin avec Modestine. La route continua pendant un moment sur le plateau et descendit ensuite à travers un village abrupt dans la vallée du Chassezac. Son cours glissait parmi de verdoyantes prairies, dérobé au monde par ses berges escarpées. Le genêt était en fleur et, de çà de là, un hameau envoyait au ciel sa fumée.

À la fin, la sente traversa le Chassezac sur un pont et abandonnant ce ravin profond se dirigea vers la crête du Goulet.

Elle s'ouvrait passage à travers Lestampes par des plateaux, des bois de hêtres et de bouleaux et, à chaque détour, me découvrait des spectacles d'un nouvel agrément. Même dans le ravin de Chassezac, mon oreille avait été frappée par un bruit semblable à celui d'un gros bourdon sonnant à la distance de plusieurs milles, mais à mesure que je continuais de monter et de me rapprocher, il paraissait changer de ton. Je constatai enfin qu'il était provoqué par un berger qui menait paître son troupeau au son d'une trompe. L'étroite rue de Lestampes, d'un bout à l'autre, débordait de moutons – des moutons noirs et blancs, bêlant avec ensemble comme chantent les oiseaux au printemps, et chacun s'accompagnant de la clochette pastorale suspendue à son cou. Cela faisait un impressionnant concert tout à l'aigu. Un peu plus haut, je passai près de deux hommes perchés dans un arbre, armés d'une serpe à émonder. L'un d'eux fredonnait une chanson de *bourrée*. Un peu plus loin encore et tandis que je pénétrais déjà sous les bouleaux, le chant des coqs me parvint joyeusement et, en même temps, se prolongea la voix d'une flûte qui modulait un air discret et plaintif dans l'un des villages des hauteurs. Je me représentai un maître d'école rustique, aux joues de pomme d'api, grisonnant, qui jouait du chalumeau dans son bout de jardin au soleil du clair automne. Ces diverses musiques d'un charme singulier m'emplissaient le cœur d'une expectative insolite. Il me semblait qu'une fois franchi le contrefort que j'escaladais, j'allais descendre dans le paradis terrestre. Et je ne fus point déçu, puisque j'étais désormais entraîné à la pluie, à l'ouragan, à la désolation de l'endroit. Ici s'achevait la première partie de mon voyage. Et c'était comme une harmonieuse introduction à l'autre et bien plus belle encore.

Il y a des degrés dans la chance comme dans les pénalités, outre la peine capitale. Et les esprits bénéfiques m'entraînèrent alors dans une aventure que je relate au bénéfice des futurs conducteurs de bourricots. La route faisait de si amples zigzags au flanc de la montagne que j'empruntai un raccourci tracé à la carte et à la boussole et m'engageai à travers des bois rabougris, afin de rattraper le chemin un peu plus haut. Ce fut l'occasion d'un sérieux conflit avec Modestine. Elle ne voulait rien savoir de mon raccourci. Elle se retourna vis-à-vis de moi, marcha à reculons, rua, et, elle que je m'imaginais muette, se mit à braire très fort d'une voix enrouée, comme un coq annonçant la naissance de l'aurore. Je piquai de l'aiguillon d'une main, et, de l'autre, tant la montée était roide, il me fallait maintenir le bât. Une demi-douzaine de fois ma bête fut à deux doigts de me dégringoler sur la tête ; une demi-douzaine de fois, par pure faiblesse d'âme, je fus sur le point d'abandonner mon dessein et de reconduire Modestine au bas de la pente afin de suivre la route. Mais j'envisageai la chose comme une gageure et m'obstinai malgré tout. Je fus surpris, alors que j'atteignais de nouveau la chaussée, par la sensation de gouttes de pluie qui tombaient sur mes mains et, à plusieurs reprises, je levai des yeux étonnés vers le ciel sans nuages. C'était simplement la sueur qui me coulait du front.

Au sommet du Goulet il n'y avait plus de route tracée – uniquement des bornes dressées de place en place, afin de guider les bouviers. Le sol moussu était, sous le pied, élastique et odorant. Je n'avais pour m'accompagner que quelques alouettes et je ne rencontrai qu'un chariot à bœufs entre Lestampes et Bleymard. Devant moi s'ouvrit une vallée peu profonde et, à l'arrière, la chaîne des monts de la Lozère, partiellement boisés, aux flancs assez accidentés dans l'ensemble toutefois d'une configuration sèche et triste. À peine apparence de culture. Pourtant, aux environs de Bleymard, la grand-route de Villefort à Mende traversait une série de prairies plantées de peupliers élancés et de partout toutes sonores des clochettes des ouailles et des troupeaux.

II

UNE NUIT DANS LA PINERAIE

De Bleymard, l'après-midi, bien qu'il fût tard déjà, je partis à l'assaut d'un coin de la Lozère. Un chemin de charroi pierreux, mal délimité, guida ma marche. Je rencontrai au moins une demi-douzaine de chariots attelés de bœufs qui descendaient des bois, chargés chacun d'un pin entier pour le chauffage d'hiver. À la cime des arbres, qui ne s'élevaient pas bien haut sur ce versant glacé, je pris à droite une piste sous les pins jusqu'à un vallon de sol herbeux où un ruisselet qui se déversait comme une gouttière entre quelques pierres me fit office de fontaine. « Dans une retraite ombragée et plus retirée… que ne hantaient plus ni nymphes, ni faunes. » Bien que jeunes encore, les arbres s'étaient développés fort touffus autour de la clairière. Il n'y avait point d'échappée, sauf vers le nord-est sur la crête de lointaines collines ou droit là-haut, vers le ciel. Le campement se trouvait au rados et secret comme une chambre. Sur le temps que j'avais fait mes préparatifs et donné à manger à Modestine, le jour déjà commençait de décliner. Je me bouclai jusqu'aux genoux dans mon sac et fis un copieux repas. Aussitôt le coucher du soleil, j'enfonçai ma casquette jusqu'à mes yeux et tombai endormi.

La nuit est un temps de mortelle monotonie sous un toit ; en plein air, par contre, elle s'écoule, légère parmi les astres et la rosée et les parfums. Les heures y sont marquées par les changements sur le visage de la nature. Ce qui ressemble à une mort momentanée aux gens qu'étouffent murs et rideaux n'est qu'un sommeil sans pesanteur et vivant pour qui dort en plein champ. La nuit entière il peut entendre la nature respirer à souffles profonds et libres. Même, lorsqu'elle se repose, elle remue et sourit et il y a une heure émouvante ignorée par ceux qui habitent les maisons : lorsqu'une impression de réveil passe au large sur l'hémisphère endormi et qu'au-dehors tout le reste du monde se lève. C'est alors que le coq chante pour la première fois. Il n'annonce point l'aurore en ce moment, mais comme un guetteur vigilant, il accélère le cours de la nuit. Le bétail s'éveille dans les prés ; les moutons déjeunent dans la rosée au versant des collines et se meuvent parmi les fougères, vers un nouveau pâturage. Et les chemineaux qui se sont couchés avec les poules ouvrent leurs yeux embrumés et contemplent la magnificence de la nuit.

Par quelle suggestion informulée, par quel délicat contact de la nature, tous ces dormeurs sont-ils rappelés, vers la même heure, à la vie ? Est-ce que les étoiles versent sur eux une influence ? ou participons-nous d'un frisson de la terre maternelle sous nos corps au repos ? Même les bergers ou les vieilles gens de la campagne qui sont les plus profondément initiés à ces mystères n'essaient pas de conjecturer la signification ou le dessein de cette résurrection nocturne. Vers deux heures du matin, déclarent-ils, les êtres bougent de place. Et ils n'en savent pas plus et ne cherchent pas plus avant. Du moins est-ce un agréable hasard. Nous ne sommes troublés dans notre sommeil, comme le voluptueux Montaigne « qu'afin de le pouvoir mieux savourer et plus à fond ». Nous avons un instant pour lever les yeux vers les étoiles. Et c'est, pour certaines intelligences, une réelle jouissance de penser que nous partageons cette impulsion avec toutes les créatures qui sont dehors dans notre voisinage, que nous nous sommes évadés de l'embastillement de la civilisation et que nous sommes devenus de véritables et braves créatures et des ouailles du troupeau de la nature.

Lorsque cette heure arriva pour moi dans la pineraie, j'ouvris les yeux, mourant de soif. Mon gobelet se trouvait sous ma main, à demi plein d'eau. Je le vidai d'un trait et me sentant bien éveillé après cette froide aspersion interne, je m'installai sur mon séant afin de rouler une cigarette. Les étoiles étaient claires, vives et pareilles à des joyaux, nullement glacées. Une faible buée d'argent embrumait la voie lactée. Autour de moi les cimes noires des pins se dressaient immobiles. Par la blancheur du bât, je pouvais apercevoir Modestine, tournant et tournant sans cesse, à longueur de son attache. Je pouvais l'entendre tondre d'une langue persévérante le gazon. Pas d'autre bruit, sinon le tranquille, l'intraduisible murmure du ruisseau sur les pierres. J'étais paresseusement étendu à fumer et à m'émerveiller de la couleur du ciel, comme nous nommons le vide de l'espace. Il s'y découvrait un gris rougeâtre derrière les pins jusqu'à l'endroit où apparaissait un vernis d'un noir bleuté entre les étoiles. Comme pour ressembler mieux à un colporteur, je portais une bague d'argent, je pouvais la voir briller doucement, lorsque je levais ou abaissais ma cigarette et, à chaque bouffée de fumée, l'intérieur de ma main s'éclairait et je devenais, pendant une seconde, la plus intense lumière du site.

Une brise molle, ressemblant davantage à une fraîcheur mouvante qu'à une poussée de vent balayait de haut en bas, par instants, la clairière. En sorte que dans ma vaste chambre l'air se renouvelait la nuit entière. Je pensai avec dégoût à l'auberge de Chasseradès et aux bonnets de coton rassemblés, avec dégoût aux équipées nocturnes des employés et des étudiants, aux théâtres surchauffés, aux passe-partout et aux chambres closes. Je n'avais pas souvent éprouvé plus sereine possession de moi-même, ni senti plus d'indépendance à l'endroit des contingences matérielles. Le monde extérieur de qui nous nous défendons dans nos demeures semblait somme toute un endroit délicieusement habitable. Chaque nuit, un lit y était préparé, eût-on dit, pour attendre l'homme dans les champs où Dieu tient maison ouverte. Je songeais que j'avais redécouvert une de ces vérités qui sont révélées aux sauvages et qui se dérobent aux économistes. Du moins avais-je découvert pour moi une volupté nouvelle. Et pourtant, alors même que je m'exaltais dans ma solitude, je pris conscience d'un manque singulier. Je souhaitais une compagne qui s'allongerait près de moi au clair des étoiles, silencieuse et immobile, mais dont la main ne cesserait de toucher la mienne. Car il existe une camaraderie plus reposante même que la solitude et qui, bien comprise, est la solitude portée à son point de perfection. Et vivre à la belle étoile avec la femme que l'on aime est de toutes les vies la plus totale et la plus libre.

Tandis que j'étais ainsi partagé entre contentement et désir, un faible bruit se glissa jusqu'à moi à travers les sapins. Je crus d'abord à un chant de coq ou à un aboiement de chien dans quelque ferme lointaine. Puis, rapidement et graduellement le bruit se précisa à mes oreilles jusqu'au moment où je pris conscience qu'un passant marchait tout contre sur la grand-route de la vallée et chantait à gorge déployée, chemin faisant. Il y avait plus de bonne volonté que de grâce dans l'exécution de l'inconnu, mais il chantait à plein cœur et le son de sa voix se répercutait au flanc des montagnes et agitait l'air dans les gorges feuillues. J'ai écouté passer des gens pendant la nuit dans des villes endormies ; certains chantaient, un, de qui je me souviens, jouait, à grand souffle, de la cornemuse. J'ai écouté le grincement d'un chariot ou d'une voiture s'élever tout à coup après des heures de silence et passer durant quelques minutes, dans le domaine restreint de mon ouïe, alors que j'étais couché. Du romanesque gît autour de ce qui est loin durant les heures de ténèbres et nous essayons, dans une sorte de fièvre, d'en deviner la signification. Ici le romanesque était double : d'une part, ce gai passant, allumé intérieurement par le vin, qui lançait, au ciel, sa voix et son refrain dans la nuit ; puis, d'autre part, moi-même sanglé dans mon sac et solitaire sous le couvert des pins, qui envoyait ma fumée entre quatre et cinq mille pieds aux étoiles.

Quand je m'éveillai de nouveau (dimanche 29 septembre) beaucoup d'étoiles avaient disparu. Seules les plus éclatantes compagnes de la nuit brûlaient toujours visibles au-dessus de ma tête. Au loin, vers l'est, j'aperçus une mince brume lumineuse sur l'horizon, comme il en avait été pour la voie lactée, lorsque je m'étais éveillé la fois d'avant. Le jour était proche. J'allumai ma lanterne et, à sa lueur larvée, je me chaussai et boutonnai mes houseaux, puis je cassai un peu de pain pour Modestine, emplis ma gourde à la fontaine et allumai ma lampe à alcool pour me faire bouillir un peu de chocolat. Le brouillard bleuâtre s'étendait dans le vallon où j'avais si agréablement dormi. Bientôt, une large bande orange, nuancée d'or, enveloppa le faîte des monts du Vivarais. Une grave joie posséda mon âme devant cette graduelle et aimable venue du jour. J'entendis le ruisselet avec plaisir. Je cherchai autour de moi quelque chose de beau et d'imprévu. Mais les pins sombres immobiles, la clairière déserte, l'ânesse qui broutait restèrent sans métamorphose. Rien n'était changé sinon la lumière et, en vérité, elle épandait tout un flot de vie et de paix animée et me plongeait dans une étrange jubilation.

Je bus mon chocolat à l'eau. S'il n'était pas onctueux, il était chaud et je vaguai, çà et là, en haut et en bas, autour de la clairière. Tandis que je lambinais ainsi, une brusque saute de vent, aussi prolongée qu'un gros soupir, se rua directement du poste du matin. Elle était glaciale et me fit éternuer. Les arbres proches agitaient leurs panaches obscurs à son passage et je pouvais discerner les minces aiguilles lointaines au long de l'arête de la montagne se balancer longuement çà et là contre l'est doré. Dix minutes après la lumière du soleil inondait au galop le flanc des collines, éparpillant ombres et lumières. Le jour était tout à fait venu.

Je me hâtai de préparer mon paquetage et d'aborder la roide montée qui s'étendait devant moi ; mais une idée me trottait par la tête. Ce n'était pas uniquement une fantaisie, pourtant une fantaisie est quelquefois importune. J'avais été très hospitalièrement reçu et ponctuellement servi dans mon vert caravansérail. La chambre était aérée, l'eau excellente et l'aurore m'avait appelé à l'heure voulue. Je ne parle pas de la décoration de l'inimitable plafond, non plus que de la vue que j'avais de mes fenêtres. Mais j'avais le sentiment d'être en quelque manière le débiteur de quelqu'un pour toute cette généreuse réception. Aussi me plut-il, en façon de demi-plaisanterie, d'abandonner en partant quelques pièces de monnaie sur le sol, jusqu'à ce qu'il y en eût de quoi payer mon logement de la nuit. J'espère que cet argent n'est point tombé entre les mains de quelque vulgaire et riche roulier.

LE PAYS DES CAMISARDS

Nous marchions dans le sillage des guerriers d'autrefois,
Pourtant la contrée entière était verdoyante ;
Et trouvions amour et paix
Où avaient sévi fer et feu.
Ils passent et sourient les fils de l'épée.
Ils ne brandissent plus le glaive.
Oh ! qu'il a de profondes racines le blé
Qui pousse sur un champ de bataille !

W.P. BANNATYNE.

I

À TRAVERS LA LOZÈRE

La piste que j'avais suivie dans la soirée disparut bientôt et je continuai, au-delà d'une montée de gazon pelé, de me diriger d'après une suite de bornes de pierres pareilles à celles qui m'avaient guidé à travers le Goulet. Il faisait chaud déjà. J'accrochai ma veste au ballot et marchai en gilet de tricot. Modestine, elle-même tout excitée, partit dans un trottinement cahotant qui faisait valser l'avoine dans les poches de mon paletot. C'était bien la première fois que cela arrivait. La perspective à l'arrière sur le Gévaudan septentrional s'élargissait à chaque pas. À peine un arbre, à peine une maison apparaissaient-ils dans les landes d'un plateau sauvage qui s'étendait au nord, à l'est, à l'ouest, bleu et or dans l'atmosphère lumineuse du matin. Une multitude de petits oiseaux voletaient et gazouillaient autour de la sente. Ils se perchaient sur les fûts de pierre ; ils picoraient et se pavanaient dans le gazon et je les vis virevolter par bandes dans l'air bleu et montrer, de temps à autre, des ailes qui brillaient avec éclat, translucides, entre le soleil et moi.

Presque du premier instant de mon ascension, un ample bruit atténué comme une houle lointaine avait empli mes oreilles. Parfois, j'étais tenté de croire au voisinage d'une cascade et parfois à l'impression toute subjective de la profonde quiétude du plateau. Mais, comme je continuais d'avancer, le bruit s'accrut et devint semblable au sifflement d'une énorme fontaine à thé. Au même instant des souffles d'air glacial, partis directement du sommet, commencèrent de m'atteindre. À la fin, je compris. Il ventait fort sur l'autre versant de la Lozère et chaque pas que je faisais me rapprochait de l'ouragan.

Quoiqu'il eût été longuement désiré, ce fut tout à fait incidemment enfin que mes yeux aperçurent l'horizon par-delà le sommet. Un pas qui ne semblait d'aucune façon plus décisif que d'autres pas qui l'avaient précédé et « comme le rude Cortez lorsque, de son regard d'aigle, il contemplait le Pacifique », je pris possession en mon nom propre d'une nouvelle partie du monde. Car voilà qu'au lieu du rude contrefort herbeux que j'avais si longtemps escaladé, une perspective s'ouvrait dans l'étendue brumeuse du ciel et un pays d'inextricables montagnes bleues s'étendait à mes pieds.

Les monts de Lozère se développent quasiment à l'est et à l'ouest coupant le Gévaudan en deux parties inégales. Son point le plus culminant, ce pic de Finiels sur lequel j'étais debout, dépasse de cinq mille six cents pieds le niveau des eaux de la mer, et, par temps clair, commande une vue sur tout le bas Languedoc jusqu'à la Méditerranée. J'ai parlé à des gens qui, ou prétendaient ou croyaient avoir aperçu, du pic de Finiels, de blanches voiles appareillant vers Montpellier et Cette. Derrière s'étendait la région septentrionale des hauts plateaux que ma route m'avait fait traverser, peuplés par une race triste et sans bois, sans beaucoup de noblesse dans les contours des monts, simplement célèbres dans le passé par de petits loups féroces. Mais, devant moi, à demi voilé par une brume ensoleillée, s'étalait un nouveau Gévaudan, plantureux, pittoresque, illustré par des événements pathétiques. Pour m'exprimer d'une façon plus compréhensive, j'étais dans les Cévennes au Monastier et au cours de tout mon voyage, mais il y a un sens strict et local de cette appellation auquel seulement cette région hérissée et âpre à mes pieds a quelque droit et les paysans emploient le terme dans ce sens-là. Ce sont les Cévennes par excellence : les Cévennes des Cévennes.

Dans ce labyrinthe inextricable de montagnes, une guerre de bandits, une guerre de bêtes féroces, fit rage pendant deux années entre le Grand Roi avec toutes ses troupes et ses maréchaux, d'une part, et quelques milliers de montagnards protestants, d'autre part. Il y a cent quatre-vingts ans, les Camisards tenaient un poste là même, sur les monts Lozère où je suis. Ils avaient une organisation, des arsenaux, une hiérarchie militaire et religieuse. Leurs affaires faisaient « le sujet de toutes les conversations des cafés » de Londres. L'Angleterre envoyait des flottes les soutenir. Leurs meneurs prophétisaient et massacraient. Derrière des bannières et des tambours, au chant de vieux psaumes français, leurs bandes affrontaient parfois la lumière du jour, marchaient à l'assaut de cités ceintes de remparts et mettaient en fuite les généraux du roi. Et parfois, de nuit, ou masquées, elles occupaient des châteaux forts et tiraient vengeance de la trahison de leurs alliés ou exerçaient de cruelles représailles sur leurs ennemis. Là était établi, il y a cent quatre-vingts ans, le chevaleresque Roland, « le comte et seigneur Roland, généralissime des protestants de France », sévère, taciturne, autoritaire, ex-dragon, troué de petite vérole, qu'une femme suivait par amour dans ses allées et venues vagabondes. Il y avait Cavalier, un garçon boulanger doué du génie de la guerre, nommé brigadier des Camisards à seize ans, pour mourir, à cinquante-cinq, gouverneur anglais de Jersey. Il y avait encore Castanet, un chef partisan, sous sa volumineuse perruque et passionné de controverse théologique. Étranges généraux qui se retiraient à l'écart pour tenir conseil avec le Dieu des armées et refuser ou accepter le combat, posaient des sentinelles ou dormaient dans un bivouac sans gardiens, selon que l'Esprit inspirait leur cœur. Et il y avait pour les suivre, ainsi que d'autres meneurs, des ribambelles et des kyrielles de prophètes et de disciples, hardis, patients, infatigables, braves à courir dans les montagnes, charmant leur rude existence avec des psaumes, prompts au combat, prompts à la prière, écoutant pieusement les oracles d'enfants à demi fous et qui déposaient mystiquement un grain de blé parmi les balles d'étain avec lesquelles ils chargeaient leurs mousquets.

J'avais voyagé jusqu'à ce moment dans une morne région et dans un sillage où il n'y avait rien de plus remarquable que la Bête du Gévaudan, Bonaparte des loups, dévoratrice d'enfants. Maintenant, j'allais aborder un chapitre romantique – ou plus justement une note romantique en bas de page – de l'histoire universelle. Que restait-il de toute cette poussière et de tous ces héroïsmes surannés ? On m'avait assuré que le protestantisme survivait toujours dans ce quartier général de la résistance huguenote. Bien mieux, même un prêtre me l'avait affirmé dans le parloir d'un couvent. Il me restait toutefois à connaître s'il s'agissait d'une survivance ou d'une tradition féconde et vivace. En outre, si dans les Cévennes septentrionales, les gens étaient stricts en opinions religieuses et plus remplis de zèle que de charité, qu'avais-je à attendre de ces champs de persécutions et de représailles ? – dans cette contrée où la tyrannie de l'Église avait provoqué la révolte des Camisards et la terreur des Camisards jeté la paysannerie catholique dans une rébellion légale du côté opposé, en sorte que Camisards et Florentins se tenaient cachés dans les montagnes pour sauver leur vie, les uns et les autres.

Juste au faîte du mont où j'avais fait halte pour inspecter l'horizon devant moi, la série de bornes en pierre cessa brusquement et seulement un peu en dessous, une sorte de piste apparut qui dévalait en spirale une pente à se rompre le cou, tournant comme tire-bouchon. Elle conduisait dans une vallée entre des collines déclives, aux éteules de roc comme un champ de blé moissonné et, vers la base, recouvertes d'un tapis de prés verdoyants. Je me hâtais de suivre la sente : la nature escarpée du versant, les continuels et brusques lacets de la ligne de descente et le vieil espoir invincible de trouver quelque chose de nouveau dans une région nouvelle, tout conspirait à me donner des ailes. Encore un peu plus bas et un ruisseau commença, réunissant lui-même plusieurs sources et menant bientôt joyeux tapage parmi les montagnes. Parfois, il voulait traverser la piste dans un semblant de cascade, avec un radier, où Modestine se rafraîchissait les sabots.

La descente entière fut pour moi comme un rêve, tant elle s'accomplit rapidement. J'avais à peine quitté le sommet que déjà la vallée s'était refermée autour de ma sente et le soleil tombait d'aplomb sur moi, qui marchais dans une atmosphère stagnante de bas-fonds. Le sentier devint une route. Elle descendit et remonta en molles ondulations. Je dépassai une cabane, puis une autre cabane, mais tout semblait à l'abandon. Je n'aperçus pas une créature humaine ni n'entendis aucun bruit, sauf celui du ruisselet. Je me trouvais pourtant, depuis la veille, dans une autre région. Le squelette pierreux du monde était ici vigoureusement en relief exposé au soleil et aux intempéries. Les pentes étaient escarpées et variables. Des chênes s'accrochaient aux montagnes, solides, feuillus et touchés par l'automne de couleurs vives et lumineuses. Ici ou là, quelque ruisseau cascadait à droite ou à gauche jusqu'au bas d'un ravin aux roches rondes, blanches comme neige et chaotiques. Au fond, la rivière (car c'était vite devenue une rivière collectant les eaux de tous côtés, tandis qu'elle suivait son cours) ici un moment écumant dans des rapides désespérés, là formant des étangs du vert marin le plus délicieux taché de brun liquide. Aussi loin que j'étais allé, je n'avais jamais vu une rivière d'une nuance à ce point délicate et changeante. Le cristal n'était pas plus transparent ; les prairies n'étaient pas à demi aussi vertes et, à chaque étang rencontré, je sentais une envie frémissante de me débarrasser de ces vêtements aux tissus chauds et poussiéreux et de baigner mon corps nu dans l'air et l'eau de la montagne. Tout le temps que je vivrai, je n'oublierai jamais que c'était un dimanche. La quiétude était un perpétuel « souvenez-vous » et j'entendais en imagination les cloches des églises sonner à toute volée sur l'Europe entière et la psalmodie de milliers d'églises.

À la fin, un bruit humain frappa mon oreille – un cri bizarrement modulé, entre l'émotion et la moquerie, et mon regard traversant la vallée aperçut un gamin assis dans un pré, les mains encerclant les genoux, rapetissé par l'éloignement jusqu'à une infimité comique. Le petit drôle m'avait repéré alors que je descendais la route, de bois de chênes à bois de chênes remorquant Modestine et il m'adressait les compliments de la nouvelle région par ce trémulant bonjour à l'aigu. Et comme tous bruits sont agréables et naturels à distance suffisante, celui-ci également qui me parvenait à travers l'air très pur de la montagne et franchissait toute la verte vallée, retentissait délicieux à mon oreille et semblait un être rustique comme les chênes et la rivière.

Peu après le ruisseau que je longeais se jeta dans le Tarn, à Pont-de-Montvert, de sanglante mémoire.

II

Pont-de-Montvert

Une des premières choses rencontrées à Pont-de-Montvert, si je me souviens bien, fut le temple protestant. Mais ce n'était que le présage d'autres nouveautés. Une subtile atmosphère distingue une ville d'Angleterre d'une ville de France ou même d'Écosse. À Carlisle, vous pouvez vous apercevoir que vous êtes dans une certaine région. À Dumfries, à trente milles plus loin, vous êtes non moins certain d'être dans une autre encore. Il me serait difficile d'exprimer par quelles particularités Pont-de-Montvert se distingue du Monastier ou de Langogne, voire de Bleymard. Mais la différence existait et parlait éloquemment aux yeux. La localité, avec ses maisons, ses sentiers, son lit de rivière éblouissant porte un cachet méridional indéfinissable.

Tout était agitation dominicale dans les rues et dans les cafés comme tout avait été paix dominicale dans la montagne. Il devait y avoir au moins une vingtaine de personnes pour déjeuner vers onze heures avant midi. Quand je me fus restauré et assis pour mettre à jour mon journal, je suppose que plusieurs encore survinrent, l'un après l'autre, ou par groupes de deux ou trois. En traversant les monts Lozère, non seulement j'étais arrivé parmi des visages bien entendu nouveaux, mais j'évoluais sur le territoire d'une race différente. Ces gens, tandis qu'ils dépêchaient en vitesse leurs viandes dans un inextricable jeu d'épée de leurs couteaux, me questionnaient et me répondaient avec un degré d'intelligence qui dépassait tout ce que j'avais jusqu'alors rencontré, excepté parmi les ouvriers de la voie ferrée à Chasseradès. Ils avaient des visages disant la franchise. Ils étaient vifs ensemble de propos et de manières. Ils n'entraient pas seulement dans l'esprit total de mon excursion, mais plus d'un l'assura, s'il avait été assez fortuné, il eût aimé partir pour entreprendre pareil tour.

Même physiquement la transformation était plaisante. Je n'avais plus vu une jolie femme depuis que j'avais quitté le Monastier, et là, une seulement. Maintenant, des trois qui étaient assises en ma compagnie au dîner, une n'était certes point belle, – une pauvre créature timide d'une quarantaine d'années, tout à fait troublée par ce brouhaha de *table d'hôte* et dont je fus le chevalier servant et que je servis jusqu'au vin y compris et que je poussais à boire, m'efforçant généralement de l'encourager. Avec un résultat d'ailleurs exactement contraire. Mais les deux autres, toutes deux mariées, étaient toutes deux plus distinguées que la moyenne des femmes. Et Clarisse ? Que dire de Clarisse ? Elle servait à table avec une lourdeur impassible et nonchalante qui avait quelque chose de bovin. Ses immenses yeux grisâtres étaient noyés de langueur amoureuse. Ses traits, quoique un peu empâtés, étaient d'un dessin original et fin. Ses lèvres avaient une courbe de dédain. Ses narines dénonçaient une fierté cérémonieuse. Ses joues descendaient en contours bizarres et typiques. Elle avait une physionomie capable de profonde émotion et, avec de l'entraînement, offrait la promesse de sentiments délicats. Il semblait déplorable de voir un aussi excellent modèle abandonné aux admirations locales et à des façons de penser locales. La beauté devrait au moins impressionner belle audience, alors, en un instant, elle se dégage du poids qui l'accable, elle prend conscience d'elle-même, elle adopte une élégance, apprend un maintien et un port de tête et, en rien de temps, *patet dea*. Avant de partir, j'assurai Clarisse de mon admiration sincère. Elle but mes paroles comme du lait, sans gêne ni surprise, en me regardant tout bonnement et fixement de ses yeux immenses. Et je confesse que le résultat en fut pour moi un peu de confusion. Si Clarisse savait lire l'anglais, je n'oserais ajouter que son corps ne valait point son visage. Question secondaire que cela ! Mais sans doute serait-il mieux encore, à mesure qu'elle avancerait en âge.

Pont-de-Montvert ou Greenhill Bridge, comme nous dirions chez nous, est une localité fameuse dans l'histoire des Camisards. C'est ici que commença la guerre ; ici que ces covenantaires du Midi égorgèrent leur archevêque Sharp. La persécution, d'une part, le fébrile enthousiasme, d'autre part, sont presque aussi difficiles à comprendre en nos tranquilles temps modernes et selon nos croyances et nos incrédulités modernes. En outre, les protestants étaient individuellement et collectivement des esprits sincères, dans le zèle ou la douleur. Tous étaient prophètes et prophétesses. Des enfants à la mamelle auraient exhorté leurs parents aux bonnes œuvres. « Un gosse de quinze mois à Quissac parla à haute et intelligible voix, des bras maternels, secoué de frissons et de sanglots. » Le maréchal de Villars avait vu une ville où toutes les femmes semblaient « possédées du diable », avaient des crises d'épilepsie et rendaient des oracles en public, dans les rues. Une prophétesse du Vivarais avait été pendue à Montpellier, parce que du sang lui coulait des yeux et du nez et qu'elle déclara qu'elle versait des larmes de sang sur les malheurs des protestants. Et il n'y avait pas que des femmes et des enfants. De dangereux sectateurs de Stalwart, accoutumés à brandir la faucille et à manier la cognée, étaient de même agités de bizarres accès et prophétisaient au milieu des soupirs et de ruisseaux de larmes. Une persécution d'une violence inouïe avait duré près d'une vingtaine d'années et c'était là le résultat de son action sur les martyrs : pendaison, bûcher, écartèlement sur la roue avaient été inutiles. Les dragons avaient laissé les empreintes des sabots de leurs chevaux sur toute la contrée ; il y avait des hommes ramant aux galères et des femmes internées dans les prisons ecclésiastiques, et pas une pensée n'était changée au cœur d'un protestant révolté.

Or, le chef et le principal acteur de la persécution – après Lamoignon de Baville – était François de Langlade du Chayla (prononcez Cheila) archiprêtre des Cévennes et Inspecteur des Missions dans la même région. Il possédait une maison, où il habitait parfois, à Pont-de-Montvert. C'était un personnage consciencieux qui semble avoir été prédestiné par la nature à devenir un forban. Il avait maintenant cinquante-cinq ans, âge auquel un homme connaît toutes les modérations dont il est capable. Missionnaire dans sa jeunesse, il avait souffert le martyre en Chine, y avait été laissé pour mort, secouru et ramené seulement à la vie par la charité d'un paria. Il est permis de supposer ce paria doté de seconde vue et n'ayant pas agi de la sorte par malice de propos délibéré. Une telle expérience, pourrait-on croire, aurait dû guérir un individu de l'envie de persécuter autrui. Mais l'esprit humain est de nature singulièrement complexe. Après avoir été un martyr chrétien, du Chayla devint un persécuteur chrétien. L'Œuvre de la Propagation de la Foi y allait rondement entre ses mains. Sa maison de Pont-de-Montvert lui servait de prison. Il y brûlait les mains de ses détenus avec des charbons ardents, y arrachait les poils de leur barbe, afin de les convaincre qu'ils étaient dans l'erreur. Et pourtant n'avait-il pas lui-même éprouvé et démontré l'inefficacité de ces arguments physiques chez les bouddhistes chinois ?

Non seulement la vie était rendue intolérable en Languedoc, mais la fuite y était rigoureusement interdite. Un certain Massip, un muletier bien renseigné sur la topographie et les sentiers de la montagne, avait déjà mené plusieurs convois de fugitifs en sécurité à Genève. Lors d'un nouvel exode, composé principalement de femmes déguisées en hommes, du Chayla, dans une heure pour lui néfaste, appréhenda le conducteur. Le dimanche suivant, il y eut conventicule de protestants dans les forêts d'Altifage sur le mont Boudès. Là se rendit incognito un certain Séguier, Esprit Séguier comme l'appelaient ses compagnons – un foulon géant, au visage émacié, édenté, mais rempli du souffle prophétique. Il déclara au nom de Dieu que le temps de la soumission était révolu, qu'on devait courir aux armes pour la délivrance des frères brimés et l'anéantissement des prêtres.

La nuit suivante, 24 juillet 1702, une rumeur inquiéta l'Inspecteur des Missions, alors qu'il se reposait dans sa demeurance-prison de Pont-de-Montvert : les voix d'une foule d'individus qui, chantant des psalmodies à travers la ville, se rapprochaient de plus en plus. Il était dix heures du soir. Du Chayla avait sa petite cour autour de lui : prêtres, soldats et domestiques, au nombre de douze ou quinze. Or, maintenant, comme il redoutait l'insolence d'une manifestation jusque sous ses fenêtres, il dépêcha ses hommes d'armes avec ordre de lui rendre compte de ce qui se passait. Mais les chanteurs de psaumes étaient déjà à la porte : cinquante costauds, conduits par Séguier l'inspiré, et respirant le carnage. À leurs sommations, l'archiprêtre répondit en bon vieux persécuteur : il ordonna à sa garnison de faire feu sur la populace. Un Camisard (car selon certains, c'est de cette tenue nocturne qu'ils ont tiré leur nom) tomba sous la décharge de mousqueterie. Ses camarades se ruèrent contre la porte, armés de haches et de poutres, parcoururent le rez-de-chaussée de la maison, libérèrent les prisonniers et trouvant l'un d'eux dans la *vigne*, une sorte de Fille de Scavenger de l'époque et de l'endroit, redoublèrent de fureur contre du Chayla et par des assauts répétés tentèrent d'emporter l'étage. Lui, de son côté, avait donné l'absolution à ses partisans et ils avaient courageusement défendu l'escalier.

– Enfants de Dieu, arrêtez, s'écria le prophète. Brûlons la maison avec le prêtre et les acolytes de Baal !

L'incendie se propagea rapidement. Par une lucarne du grenier, du Chayla et ses hommes, au moyen de draps de lit noués bout à bout, descendirent dans le jardin. Quelques-uns s'échappèrent en traversant la rivière à la nage, sous les balles des insurgés. Mais l'archiprêtre tomba, se cassa une jambe et ne put que ramper jusqu'à une haie. Quelles furent ses réflexions à l'approche de ce second martyre ? Pauvre homme courageux, affolé, haineux qui, selon son point de vue, avait fait courageusement son devoir dans les Cévennes et en Chine ! Du moins trouva-t-il quelques paroles pour sa défense. Car lorsque la toiture de son habitation s'écroula à l'intérieur et que l'incendie ravivant de hautes flammes découvrit sa retraite, tandis que ses adversaires furieux accouraient l'en tirer pour le mener sur la place de la ville, et l'appelant damné, il répliqua : Si je suis damné, pourquoi vous damneriez-vous aussi à votre tour ?

C'était là du moins un excellent argument. Hélas ! au cours de son inspectorat, il en avait fourni d'autres beaucoup plus violents qui plaidaient contre lui dans un sens opposé. Et ceux-là il allait maintenant les entendre. Un à un, les Camisards, Séguier en tête, s'approchèrent de lui et le frappèrent de coups de poignards. – Voilà, disaient-ils, pour mon père écartelé sur la roue ! Voilà pour mon frère expédié aux galères ! Ceci pour ma mère ou ma sœur emprisonnée dans tes couvents maudits ! Chacun portait son coup et l'expliquait. Puis tous s'agenouillèrent et chantèrent des psaumes autour du cadavre jusqu'à l'aube. À l'aube, toujours psalmodiant, ils se dirigèrent vers Frugères, plus haut sur le Tarn, achever leur œuvre de vengeance, laissant en ruine l'hôtel-prison et sur la place publique un cadavre percé de cinquante-deux blessures.

Ce fut une sauvage équipée nocturne, avec accompagnement perpétuel de psaumes. Il semble que le chant d'un psaume garde toujours dans cette ville sur le Tarn, un accent de menace. Toutefois l'aventure ne s'achève point, même en ce qui concerne Pont-de-Montvert, par le départ des Camisards. La carrière de Séguier fut brève et sanguinaire. Deux prêtres encore et une famille entière de Ladevèze, du père aux domestiques, tombèrent entre ses mains ou furent appréhendés par son ordre. Pourtant, il ne fut que quelques jours en liberté et maintenu en respect, tout ce temps-là, par la troupe. Capturé enfin par un célèbre soldat de fortune, le capitaine Poul, il comparut impassible devant ses juges.

– Votre nom ? demandèrent-ils.

– Pierre Séguier.

– Pourquoi êtes-vous appelé Esprit ?

– Parce que l'Esprit du Seigneur habite en moi.

– Votre domicile ?

– En dernier lieu au désert et, bientôt, au ciel.

– N'avez-vous point remords de vos crimes ?

– Je n'en ai commis aucun. Mon âme ressemble à un jardin plein de gloriettes et de fontaines.

À Pont-de-Montvert, le 12 août, on lui trancha la main droite et il fut brûlé vif. Et son âme ressemblait à un jardin ! Ainsi peut-être était aussi l'âme de Du Chayla, le martyr du Christ. Et peut-être que si vous pouviez lire en moi-même et si je pouvais lire dans votre conscience, notre mutuel sang-froid serait-il moins surprenant.

La maison de Du Chayla est toujours debout, sous une toiture neuve, à proximité de l'un des ponts de la ville. Et les curieux peuvent visiter le jardin en terrasse dans lequel l'archiprêtre se laissa choir.

III

Dans la vallée du Tarn

Une route neuve conduit de Pont-de-Montvert à Florac, par la vallée du Tarn. Son assise de sable doux se développe environ à mi-chemin entre le faîte des monts et la rivière au fond de la vallée. Et j'entrais pour en sortir, alternativement, sous des golfes d'ombres et des promontoires ensoleillés par l'après-midi. C'était une passe analogue à celle de Killiecrankie, un ravin profond en entonnoir dans les montagnes, avec le Tarn menant un grondement merveilleusement sauvage, là-bas, en dessous, et des hauteurs escarpées dans la lumière du soleil, là-haut, au-dessus. Une étroite bordure de frênes cerclait la cime des monts comme du lierre sur des ruines. Sur les versants inférieurs et au-delà de chaque gorge, des châtaigniers, par groupes de quatre, montaient jusqu'au ciel sous leur feuillage épandu. Certains étaient implantés chacun sur une terrasse individuelle pas plus large qu'un lit ; d'autres, confiants en leurs racines, trouvaient moyen de croître, de se développer, de rester debout et touffus sur les pentes ardues de la vallée. D'autres, sur les bords de la rivière, restaient rangés en bataille et puissants comme les cèdres du Liban. Pourtant là même où ils croissaient en masse serrée, ils ne faisaient point penser à un bois, mais à une troupe d'athlètes. Et le dôme de chacun de ces arbres s'étalait, isolé et vaste d'entre les dômes de ses compagnons, comme s'il avait été lui-même une petite éminence. Ils dégageaient un parfum d'une douceur légère qui errait dans l'air de l'après-midi. L'automne avait posé ses teintes d'or et de flétrissure sur leur verdure et le soleil, brillant au travers, atténuait leur rude feuillage, en sorte que chaque épaisseur prenait du relief contre son voisin, non dans l'ombre, mais dans la lumière. Un humble dessinateur d'esquisses lâchait, ici, désespéré, son crayon.

Je voudrais pouvoir donner une idée du développement de ces arbres majestueux, comme ils étalaient leur ramure ainsi que le chêne, traînaient leurs branchages jusqu'au sol ainsi que le saule ; comment ils dressaient des fûts de colonnes, pareils aux piliers d'une église ou comment, ainsi que de l'olivier, du tronc le plus délabré, sortaient de jeunes et tendres pousses qui infusaient une vie nouvelle aux débris de la vie ancienne. Ainsi participaient-ils de la nature de plusieurs essences différentes. Et il n'était pas jusqu'à leur bouquet épineux du faîte dessiné de plus près sur le ciel qui ne leur conférât une certaine ressemblance avec le palmier, impressionnante pour l'imagination. Mais leur individualité, quoique formée d'éléments si divers, n'en était que plus riche et plus originale. Et baisser les yeux au niveau de ces masses abondantes de feuillages ou voir un clan de ces bouquets d'antiques châtaigniers indomptables, « pareils à des éléphants attroupés » sur l'éperon d'une montagne, c'est s'élever aux plus sublimes méditations sur les puissances cachées de la nature.

Entre la musarde humeur de Modestine et la beauté de ce spectacle notre progression fut lente, tout cet après-midi. Enfin, observant que le soleil, bien qu'encore loin de son coucher, commençait déjà d'abandonner l'étroite vallée du Tarn, je me mis à songer à un endroit où camper. Ce n'était point chose aisée à trouver. Les terrasses étaient trop étriquées et le sol, là où il n'y avait point de plates-formes, était trop déclive pour s'y pouvoir étendre. J'aurais pu glisser pendant la nuit et m'éveiller, vers le matin, les pieds ou la tête dans la rivière.

Après peut-être un mille, j'aperçus à environ soixante pieds au-dessus de la route un petit plateau assez large pour contenir mon sac et protégé, comme par un sûr parapet, par le vieux tronc d'un énorme châtaignier. Là, avec des peines infinies, à coups de pied et d'aiguillon, je hissai la reluctante Modestine et me hâtai de la débarrasser de son fardeau. Il n'y avait place que pour moi sur ce plateau et il me fallut remonter presque aussi haut encore, avant de trouver un endroit propice pour ma bourrique. C'était un amas de pierres croulantes, sur un gradin artificiel, qui n'avait certes pas cinq pieds carrés en tout. J'attachai là Modestine et lui ayant donné avoine et pain et empilé un tas de feuilles de châtaigniers dont elle était gourmande, je descendis une fois de plus à mon propre campement.

La position était désagréablement exposée à la vue. Quelques chariots passèrent sur la route voisine et aussi longtemps qu'il fit clair, je me dérobai pour tout le monde, ainsi qu'un Camisard traqué, derrière la forteresse qu'était pour moi le tronc du vieux châtaignier. Car j'avais une véritable peur d'être découvert et visité par des gais lurons pendant la nuit. Je vis pourtant qu'il me faudrait m'éveiller de bonne heure. Ces plantations de châtaigniers en effet, avaient été le théâtre de l'activité locale pas plus tard que la veille. La pente était jonchée de branchages élagués et, çà et là, un gros tas de feuilles était ramassé contre un tronc, car même les feuilles sont avantageuses. Les paysans les utilisent, l'hiver, en manière de fourrage pour leurs bêtes. Je pris mon repas tout craintif et tremblant, à demi replié sur moi-même, afin de n'être point aperçu de la route. Et j'irai jusqu'à dire que j'y étais aussi inquiet que si j'avais été un éclaireur de la clique de Josué sur les hauteurs de la Lozère ou de celle de Salomon dans le Tarn, aux intervalles des chœurs psalmodiés et du sang répandu. Voire, au vrai, peut-être plus encore, car les Camisards témoignaient d'une inébranlable confiance en Dieu. Et ce récit me revenait en mémoire : le comte du Gévaudan chevauchant avec une troupe de dragons et un notaire à l'arçon de sa selle, pour renforcer le serment de fidélité dans tous les hameaux de la région, pénétra dans un vallon des bois.

Et il trouva Cavalier et ses partisans en joyeuse frairie assis sur l'herbette, leurs chapeaux enguirlandés de couronnes de buis, tandis qu'une quinzaine de femmes lavaient leur linge à la rivière. Telle était une fête rustique en 1703. À cette date, Antoine Watteau aurait pu peindre des scènes de ce genre.

Ce fut un campement bien différent de celui de la nuit précédente dans la pineraie froide et silencieuse. Il faisait chaud, même étouffant dans la vallée. Le coassement clair des grenouilles, comme la musique et le trémolo d'un sifflet à roulette, s'éleva des bords de la rivière dès avant le soleil couché. Dans l'obscurité croissante de légers froissements commencèrent d'agiter les feuilles tombées. De temps à autre des bruits menus de crissements ou de forage m'arrivaient aux oreilles. Et, de temps à autre, il me semblait apercevoir le passage rapide d'une forme indistincte entre les châtaigniers. Une multitude de grandes fourmis s'attroupaient sur le sol ; des chauves-souris me frôlaient et des moustiques faisaient leur musique au-dessus de ma tête. Les longs rameaux aux bouquets de feuillage se suspendaient contre le ciel ainsi que des guirlandes et ceux qui se trouvaient immédiatement au-dessus ou autour de moi ressemblaient à un treillis qui aurait été détérioré et à demi renversé par un ouragan.

Le sommeil pendant un long temps déserta mes paupières et, au moment précis où je commençais à le sentir voleter paisiblement au-dessus de mes membres et s'installer pesamment dans mon cerveau, un bruit à mon chevet me retint soudain bien éveillé de nouveau et, je l'avoue sans feinte, me fit battre le cœur. Ce bruit, on eût dit de quelqu'un qui grattait avec l'ongle d'un doigt. Il partait d'en dessous de mon havresac qui me servait d'oreiller ; il se reproduisit trois fois avant que j'eusse eu le temps de me lever et de le retourner. Impossible d'y rien voir, impossible de rien entendre de plus que certains de ces mystérieux frôlements proches ou lointains avec l'accompagnement sempiternel du ruisselet et des grenouilles. J'appris le lendemain que les châtaigneraies sont infestées de rats ; froufroutage, grignotements et grattage, tout cela était probablement leur fait. Mais pour le moment l'énigme demeurait insoluble et il me fallut m'accommoder pour dormir, du mieux possible, d'une étonnante perplexité quant à mon voisinage.

Je fus éveillé dans la grisaille du matin (lundi 30 septembre) par un bruit de pas peu distant sur les pierres. Ouvrant les yeux, j'aperçus un paysan qui cheminait à proximité sous les châtaigniers dans une sente que je n'avais pas remarquée jusqu'alors. Il ne tourna la tête ni à gauche, ni à droite et disparut, en quelques enjambées, dans le feuillage. C'en était une chance ! Mais de toute évidence, il était plus que temps de déguerpir. Les ruraux étaient dehors, à peine moins redoutables pour moi dans ma situation indéfinissable, que les soldats du capitaine Poul pour un Camisard intrépide. Je fis manger Modestine avec toute la diligence dont je fus capable. Mais tandis que je retournais à mon sac, je vis un homme et un gamin dévaler le versant de la montagne dans une direction qui croisait la mienne. Ils me saluèrent de paroles inintelligibles et je leur répondis par des mots inarticulés mais cordiaux et m'empressai de mettre mes guêtres.

Le couple, qui semblait être père et fils, remonta jusqu'à la plate-forme et se tint à mon côté, sans souffler mot pendant quelque temps. Le lit était ouvert et je vis, non sans regret, mon revolver gisant bien en vue sur la laine bleue. À la fin, après m'avoir examiné des pieds à la tête, comme le silence était devenu comiquement embarrassant, l'homme, d'une voix qui me parut plutôt revêche, demanda :

– Vous avez dormi ici ?

– Oui, dis-je, comme vous voyez !

– Pourquoi ? interrogea-t-il.

– Ma foi, répondis-je, sans gêne, j'étais fatigué.

Il s'enquit ensuite de l'endroit où j'allais et de ce que j'avais eu pour dîner. Puis, sans la moindre transition : *C'est bien !* ajouta-t-il, *allons-nous-en !* Et son fils et lui, sans un mot de plus, s'en retournèrent jusqu'au prochain et unique châtaignier qu'ils se mirent à émonder. L'affaire s'était passée plus simplement que je ne l'avais espéré. C'était un homme grave, respectable et sa voix inamicale n'impliquait point qu'il crût parler à un coupable, mais certainement à un inférieur.

Je fus bientôt en route, grignotant une barre de chocolat et sérieusement occupé d'un cas de conscience. Devais-je payer mon logement de cette nuit-ci ? J'avais mal dormi. Le lit était plein de puces sous les espèces de fourmis. Il n'y avait point d'eau dans la chambre. L'aurore elle-même avait négligé de m'appeler au matin. J'aurai pu avoir manqué un train, s'il y en avait eu un à prendre dans le voisinage. Bref, j'étais peu satisfait de l'hospitalité et j'avais résolu de ne point payer, sauf si je faisais rencontre d'un mendiant.

La vallée même semblait plus agréable au matin et bientôt la route descendit au niveau de la rivière. Alors, en un endroit où se groupaient plusieurs châtaigniers droits et florissants qui formaient îlot sur une terrasse, je fis ma toilette dans l'eau du Tarn. Elle était merveilleusement pure, froide à donner le frisson. Les bulles de savon s'évanouissaient comme par enchantement, dans le courant rapide et les roches rondes toutes blanches y offraient un modèle de propreté. Me baigner dans une des rivières de Dieu en plein air me paraît une sorte de cérémonie intime ou l'acte d'un culte demi-païen. Barboter parmi les cuvettes dans une chambre peut sans doute nettoyer le corps, mais l'imagination n'a point de part à pareil lessivage. Je poursuivis mon chemin d'un cœur allègre et pacifié et chantonnant en moi-même des psaumes rythmant ma marche.

Soudain surgit une vieille femme qui, à brûle-pourpoint, sollicita l'aumône.

– Bon, pensai-je, voici venir le garçon et l'addition !

Et je réglai sur-le-champ mon logement de la nuit. Prenez ça comme il vous plaira, mais ce fut là le premier et le dernier mendiant rencontré de toute mon excursion.

Quelques pas plus loin, je fus rejoint par un vieillard en bonnet de coton sombre, aux yeux clairs, au teint hâlé, au léger sourire émouvant. Une petite fille le suivait, conduisant deux brebis et un bouc, mais qui resta dans notre sillage, tandis que le bonhomme marchait à mon côté, et parlait de la matinée et de la vallée. Il n'était pas beaucoup plus de six heures et, pour des gens en bonne santé qui ont dormi leur content, c'est là une heure d'expansion et de franc et confiant bavardage.

– *Connaissez-vous le Seigneur ?* me dit enfin le brave homme.

Je lui demandai de quel seigneur il voulait parler. Mais il répéta seulement sa question avec plus d'emphase et, dans les yeux, un regard significatif d'espoir et d'intérêt.

– Ah ! fis-je, pointant un doigt vers le ciel, je vous comprends maintenant. Oui, oui, je le connais. C'est la meilleure de mes connaissances.

Le vieillard m'assura qu'il en était heureux. « Tenez, ajouta-t-il, frappant sa poitrine, cela me fait du bien là. Il y en a peu qui connaissent le Seigneur dans ces vallées, continua-t-il, pas beaucoup, un peu tout de même. Beaucoup d'appelés, cria-t-il, peu d'élus.

– Mon père, dis-je, il n'est point facile de préciser qui connaît le Seigneur et ce n'est point en tout cas notre affaire. Protestants et catholiques, voire ceux qui idolâtrent des pierres, peuvent le connaître et être connus de lui, car il est le créateur de toutes choses. »

Je ne me savais pas si bon prédicateur.

Le vieillard m'affirma qu'il pensait comme moi et renouvela l'assurance du plaisir qu'il éprouvait de ma rencontre. « Nous sommes si peu, dit-il. On nous appelle des Moraves ici ; mais, plus bas, dans le département du Gard, où il y a également bon nombre de croyants on les appelle des Derbistes, du nom d'un pasteur anglais. »

Je commençai à comprendre que je faisais figure, dans une réalité suspecte, de membre de quelque secte de moi inconnue. Mais j'étais plus heureux du plaisir éprouvé par mon compagnon qu'embarrassé par ma situation équivoque. Je ne saurais trouver déloyal, en effet, d'avouer ne saisir aucune différence particulièrement dans ces matières transcendantes en qui nous avons tous la certitude que si d'aucuns peuvent se tromper, nous ne sommes nous-mêmes pas assurés d'avoir raison. On parle beaucoup de vérité, mais ce vieillard en bonnet de coton brun se montrait si ingénu, doux et fraternel que je me sentais presque disposé moi-même à professer son prosélytisme. C'était, comme par hasard, un frère de Plymouth. Ce que le terme peut signifier au point de vue dogmatique, je n'en avais pas la moindre idée – ni le temps de m'en informer. Toutefois, je sais bien que nous sommes tous embarqués sur la mer démontée du monde, tous enfants d'un même père et qui s'efforcent sur beaucoup de points essentiels, d'agir de même et de se ressembler. Et quoique ce fût, en un sens, par une sorte de malentendu qu'il me serrât si souvent les mains et se montrât si enclin à entendre mes propos, c'était là l'erreur d'une sorte de quêteur de vérité. Car la charité débute les yeux bandés ; ce n'est qu'à la suite d'une série de méprises de ce genre, qu'elle s'établit enfin sur un principe raisonnablement fondé d'amour et de patience et une confiance absolue en notre prochain tout entier. Si j'avais trompé ce brave homme, j'eusse volontiers continué à en tromper d'autres de la même manière. Et si jamais, en fin de compte, hors de nos voies individuelles et désolées, nous devons nous rassembler tous dans une demeure commune, j'ai l'espoir auquel je m'accroche avec ferveur, que mon frère montagnard de Plymouth s'empressera de m'y serrer les mains une fois de plus.

Ainsi discourant comme chrétien et fidèle, chemin faisant, lui et moi parvînmes à un petit hameau à proximité du Tarn. Ce n'était qu'une humble localité du nom de

La Vernède, comprenant moins d'une douzaine de maisons et une chapelle protestante sur une butte. Ici habitait le vieillard et ici, à l'auberge, je commandai mon déjeuner. L'auberge était tenue par un aimable jeune homme casseur de pierres sur la route, et par sa sœur, jeune fille jolie et avenante. L'instituteur du village s'amena pour bavarder avec l'étranger. Toutes ces personnes étaient des protestants, – fait qui me plut au-delà de ce que j'en eusse attendu. Et ce qui me fit encore davantage plaisir, c'est que tous semblaient des gens simples et honnêtes. Le frère de Plymouth m'entoura d'une sorte de sollicitude affectueuse et, par trois fois au moins, il revint s'assurer que j'étais satisfait de mon menu. Sa manière d'agir me toucha profondément et, maintenant encore, son souvenir m'émeut. Il craignait d'être importun, mais il ne quittait pas volontiers ma compagnie une minute et il semblait ne jamais se lasser de me serrer les mains.

Lorsque tous les autres furent partis à leur travail, je m'assis pendant près d'une demi-heure à deviser avec la jeune patronne de l'établissement. Elle parla gentiment du produit de sa récolte de châtaignes et des beautés du Tarn et des antiques attaches de famille qui se brisent sans cependant cesser de subsister quand les jeunes gens s'éloignent de leur chez-soi. C'était, j'en suis certain, une excellente nature, d'une franchise campagnarde qui cachait beaucoup de délicatesse ; qui l'aimera sera, sans doute, un jeune homme heureux.

La vallée en dessous de La Vernède me plaisait de plus en plus, au fur et à mesure que j'avançais. Tantôt les montagnes nues et couvertes d'éboulis se rapprochaient de part et d'autre et emprisonnaient la rivière entre des falaises. Tantôt, la vallée s'élargissait et verdoyait comme une prairie. La route me conduisit au-delà du vieux château fort de Miral, situé sur un éperon, au-delà d'un couvent crénelé depuis longtemps détruit et converti en église et presbytère ; au-delà aussi d'un groupe de toits noirs, le village de Cocurès assis parmi les vignobles, et les prés et les vergers riches de pommes rouges. Là, au long de la chaussée, des gens gaulaient des noix aux arbres d'un côté de la route et en remplissaient sacs et paniers. Les montagnes, quoique la vallée demeurât spacieuse, étaient toujours hautes et dénudées aux dentelures âpres, avec, çà et là, des aiguilles qui pointaient. Et le Tarn murmurait toujours parmi les pierres sa chanson montagnarde. Je m'étais attendu, d'après des touristes à l'humeur pittoresque, à trouver une région horrifique selon le cœur de Byron. À mes regards d'Écossais, elle semblait riante et généreuse, tandis que la température donnait à mon corps d'Écossais une sensation d'arrière-été. Pourtant les châtaigniers étaient déjà dépouillés par l'automne et les peupliers qui commençaient ici à s'y mêler étaient devenus d'or pâli aux approches de l'hiver.

Il y avait dans le site un aspect souriant malgré sa rudesse qui m'expliquait l'esprit de ces covenantaires du Midi. Ceux qui, en Écosse, se réfugièrent dans les montagnes pour la paix de leur conscience, étaient tous d'humeur mélancolique et troublée, car une fois qu'ils avaient reçu assistance de Dieu, ils avaient au moins deux fois été en lutte avec le diable. Mais les Camisards n'avaient que de claires visions auxiliatrices. Ils trempaient davantage dans le sang, à la fois comme vainqueurs ou vaincus ; pourtant je ne vois dans leurs archives nulle possession diabolique. Ils continuaient de vivre la conscience tranquille dans ces rudes temps et malgré les circonstances. L'âme de Séguier, ne l'oublions pas, ressemblait à un jardin. Ils se savaient à la droite de Dieu, avec une certitude sans égale chez les Écossais. Car les Écossais, bien que assurés de leur cause, n'avaient jamais confiance en eux-mêmes.

« Nous courions, raconte un vieux Camisard, lorsque nous entendions le chant des psaumes, nous courions comme si nous avions des ailes. Nous ressentions, à l'intime de nous, une ardeur exaltante, un désir qui nous soulevait. Des mots ne peuvent traduire nos sentiments. C'est quelque chose qu'il faut avoir ressenti pour le comprendre. Aussi harassés que nous pouvions être, nous ne pensions plus à notre fatigue et nous devenions enthousiastes dès que le chant des psaumes arrivait à nos oreilles. »

La vallée du Tarn et les gens rencontrés à La Vernède m'expliquèrent non seulement ce texte, mais les vingt années de souffrance que ceux-là qui étaient si obstinés et sanguinaires dès qu'ils s'étaient engagés au combat endurèrent avec une douceur d'enfants et une constance de paysans et de saints.

IV

FLORAC

Sur un affluent du Tarn est situé Florac, siège d'une sous-préfecture, qui possède un vieux château fort et des boulevards de platanes, maints quartiers anciens et une source vive qui jaillit de la falaise. Cette ville est renommée, en outre, par ses jolies femmes et comme l'une des deux capitales – l'autre étant Alais –, du pays des Camisards.

Le propriétaire de l'auberge me conduisit après le déjeuner, à un café voisin où je devins, ou plutôt mon voyage devint le thème de la conversation de l'après-midi. Tout le monde avait quelques suggestions à faire au sujet de la direction à prendre. On alla chercher, à la sous-préfecture même, la carte de l'arrondissement et elle fut bien maculée de traces de pouces parmi les tasses de café et les petits verres de liqueur. La plupart de ces conseillers bénévoles étaient protestants. Cependant, je remarquai que catholiques et protestants avaient les rapports les plus aisés du monde. Je ne fus pas peu surpris de voir comme persistait là, vivace, le souvenir des guerres de Religion. Parmi nos montagnes du Sud-Ouest, près de Mauchline, Camnock et Carsphairn, dans des fermes isolées ou des cures, de graves presbytériens se remémorent toujours les temps de la grande persécution et les tombes des martyrs locaux ne cessent d'être pieusement entretenues. Mais dans les villes, chez ceux qu'on nomme les classes supérieures, j'ai peur que ces antiques exploits ne soient devenus des contes oiseux. Si l'on rencontre une société mêlée aux armes royales à Wigton, il n'y est point parlé de la même façon des covenantaires. Que dis-je ? À Muirkirk de Glenluce, j'ai rencontré la femme d'un bedeau qui n'avait jamais entendu parler du prophète Peden. Mais ces Cévenols-ci étaient fiers de leurs ancêtres, dans un sentiment tout différent. La guerre était leur topique préféré. Ses hauts faits, leurs lettres patentes de noblesse. Et là où un homme et une famille n'avaient eu que cette seule aventure, une aventure héroïque, on pouvait s'attendre à une certaine prolixité de renseignements et l'excuser. On me dit que la contrée abondait en légendes jusqu'alors non recueillies. Par ces gens, j'entendis parler de descendants de Cavalier – non de descendants en ligne directe, mais de neveux ou de cousins – qui étaient toujours des personnages considérés sur le théâtre des exploits du gamin-général. Un fermier avait vu les os d'anciens combattants exhumés au soleil d'un après-midi du XIXe siècle, dans un champ où les ancêtres avaient combattu et où leurs arrière-petits-fils creusaient un fossé.

Plus tard, dans la journée, un des pasteurs protestants eut l'amabilité de me rendre visite ; un homme jeune, intelligent et distingué avec qui je passai quelques heures d'agréable conversation. Florac, me dit-il, est mi-partie protestant, mi-partie catholique. La différence de religion s'y double, d'ordinaire, d'une divergence politique. Qu'on juge de ma surprise, arrivant comme je le faisais, d'une Pologne aux caquetages de purgatoire comme cette bourgade du Monastier, lorsque j'appris que la population entière vivait en relations très pacifiques, qu'il y avait même échange de bons services entre des familles ainsi doublement séparées. Camisards noirs et Camisards blancs, miliciens et miquelets et dragons, prophète protestant et cadet catholique de la Croix Blanche, tous avaient sabré et fait le coup de feu, brûlé, pillé et assassiné, le cœur ivre de passion et de courroux et là même, cent soixante-dix ans après, le protestant était toujours protestant, le catholique toujours catholique, dans une mutuelle tolérance et douce amitié de vie. Mais le genre humain comme cette indomptable nature dont il est issu lui a conféré ses qualités particulières. Les années et les saisons portent diverses moissons, le soleil réapparaît après la pluie et l'humanité survit aux animosités séculaires comme un individu se dégage des passions quotidiennes. Nous jugeons nos devanciers d'un point de vue plus théologique et la poussière s'étant un peu dissipée après plusieurs siècles, nous pouvons voir les antagonistes parés de vertus humaines et se combattant avec un semblant de raison.

Je n'ai jamais cru qu'il fût facile d'être équitable et j'ai trouvé, de jour en jour, que c'était même plus difficile que je ne pensais. J'avoue avoir rencontré ces protestants avec plaisir et avec l'impression d'être comme en famille. J'avais coutume de parler leur langage, dans une autre et plus profonde acception du terme que ce qui en fait la distinction entre le français et l'anglais, car la véritable Babel consiste en une divergence morale. Par là m'était possible une sociabilité plus libre avec les protestants et plus exacte à leur endroit qu'envers les catholiques. Père Apollinaire pouvait faire équipe avec mon frère montagnard de Plymouth, comme deux vieillards innocents et dévots. Pourtant, je me demande si j'étais aussi près de sentir les mérites du trappiste ou, si, catholique, j'eusse apprécié si chaleureusement le dissident de La Vernède. Avec le premier j'étais dans un état de pure indulgence, tandis qu'avec l'autre, malgré un malentendu et tout en gardant certaines réserves, il était toujours possible de soutenir une conversation et d'échanger de loyales pensées. Dans ce monde imparfait, nous accueillons avec joie des sympathies même partielles. Et ne rencontrerions-nous qu'un seul homme auquel ouvrir notre cœur franchement, avec qui pouvoir marcher dans l'affection et la simplicité sans feinte, nous n'avons pas lieu de nous plaindre ni du monde, ni de Dieu.

V

Dans la vallée de la Mimente

Le mardi, 1er octobre, nous quittâmes Florac, bourrique fatiguée et conducteur de bourrique fatigué. Un petit chemin en amont du Tarnon, un pont couvert en bois, nous firent pénétrer dans la vallée de la Mimente. D'âpres montagnes de roche rougeâtre dominaient le cours d'eau. D'immenses chênes et des châtaigniers croissaient sur les versants ou sur les terrasses pierreuses. Çà et là, un champ rouge de millet ou quelques pommiers surchargés de pommes écarlates, puis la route longea de fort près deux hameaux obscurs, l'un d'eux nanti d'un ancien château fort, haut perché, à réjouir le cœur du touriste.

Ici encore il fut malaisé de découvrir un emplacement où camper. Même sous les chênes et les châtaigniers, le sol n'était pas seulement déclive, mais encombré de cailloux épars. Là où il n'y avait point de couvert, les montagnes dévalaient jusqu'au cours d'eau dans un précipice rougeâtre tapissé de bruyères. Le soleil avait quitté les pics les plus hauts devant moi et la vallée s'emplissait du mugissement des cornes des bergers qui ramenaient les troupeaux à l'étable pendant que j'examinais une crique de prairies à quelque distance sous la route, dans un repli de la rivière. J'y descendis et attachant provisoirement Modestine à un arbre, je me mis à inspecter le voisinage. Une ombre crépusculaire d'un gris cendré emplissait le ravin. À peu de distance les objets devenaient indistincts et s'enchevêtraient trompeusement les uns aux autres. Et l'obscurité montait rapidement comme une buée. Je m'approchais d'un chêne immense qui croissait dans la prairie à l'extrême bord de la rivière, lorsque, à mon déplaisir, des voix d'enfants me parvinrent aux oreilles et j'aperçus une habitation, au tournant, sur la rive opposée. Je fus presque tenté de recharger et de repartir ; toutefois l'obscurité croissante m'engagea à rester. Je n'avais qu'à me tenir coi jusqu'à la venue de la nuit et à me fier à l'aurore pour m'appeler de bonne heure, le matin. Pourtant il était pénible d'être gêné par des voisins dans une si vaste hôtellerie.

Un creux sous le chêne me servit de lit. Avant que j'eusse donné à manger à Modestine et disposé mon sac, trois étoiles brillaient déjà avec éclat et les autres commençaient d'apparaître aux profondeurs du ciel. Je descendis emplir mon bidon à la rivière qui semblait très sombre parmi les rochers ; je dînai de bon appétit dans l'obscurité, car j'hésitais à allumer une lanterne si près d'une maison. La lune, dont j'avais vu le pâle croissant durant tout l'après-midi, éclairait faiblement le faîte des monts, mais aucun rayon ne descendait au creux du ravin où j'étais étendu. Le chêne se dressait devant moi comme une colonne d'obscurité et, au-dessus de ma tête, de bienveillantes étoiles étaient accrochées au fronton de la nue. Personne ne connaît les étoiles qui n'a dormi, selon l'heureuse expression française, *à la belle étoile*. Il peut bien savoir tous leurs noms et distances et leurs grandeurs et demeurer pourtant dans l'ignorance de ce qui seul importe à l'humanité, leur bénéfique et sereine influence sur les âmes. Les étoiles sont la plus grande source de poésie et, à juste titre d'ailleurs, car elles sont elles-mêmes les plus classiques des poètes. Ces mondes même lointains, brillants comme des flambeaux ou agglomérés comme une poussière de diamants, là-haut, ont été les mêmes pour Roland ou pour Cavalier, lorsque pour emprunter une expression de ce dernier, « ils n'avaient d'autre tente que les cieux et d'autre lit que la terre maternelle ».

Toute la nuit, un vent violent souffla dans la vallée et je sentis sur moi tomber les glands du chêne. Pourtant cette première nuit d'octobre, l'atmosphère était aussi douce qu'au mois de mai et je dormis ayant repoussé ma fourrure.

Je fus fort troublé par les jappements d'un chien, animal que je redoute plus qu'un loup. Un chien est infiniment plus brave et, en outre, le sentiment du devoir l'encourage. Si l'on tue un loup, on ne rencontre qu'approbation et louange ; si l'on tue un chien, les droits sacro-saints de la propriété et les affections domestiques élèvent à la ronde contre vous une clameur réprobatrice en vue d'une réparation. À la fin d'une journée éreintante le bruit cruellement répété de l'aboiement d'un chien cause une vive contrariété ; à un trimardeur de mon espèce, voilà qui représente le monde confortable et sédentaire sous son aspect le plus odieux. Il y a quelque chose du clergyman et de l'homme de loi dans cet animal domestique. S'il n'était pas punissable à coups de pierre, l'homme le plus hardi renoncerait à voyager à pied. J'ai beaucoup d'égards pour les chiens dans le cercle de famille, mais sur la route ou dormant *sub divo*, je les déteste ensemble et les redoute.

Je fus éveillé le lendemain matin (mardi 1er octobre) par le même cabot – car je le reconnus à son aboiement – descendant à fond de train sur la berge et qui, me voyant me lever, battit en retraite en grande hâte. Les étoiles n'étaient pas encore tout à fait éteintes. Le ciel était de ce gris-bleu atténué et enchanteur du prime matin. Une lumière encore pure commençait de s'épandre et les arbres sur les cimes se silhouettaient à traits secs sur l'horizon. Le vent avait tourné au nord et ne m'atteignait plus dans le ravin ; mais, tandis que je continuais mes préparatifs, il poussa vivement un nuage blanc au-delà du sommet de la montagne et, levant les yeux, je fus surpris de voir le nuage teinté d'or. Dans ces régions élevées de l'atmosphère, le soleil brillait déjà comme à midi. Si seulement les nuages voguaient assez haut, pareil phénomène se produirait durant toute la nuit, car la lumière du jour ne cesse jamais dans les champs de l'espace.

Comme j'entreprenais de remonter la vallée, un ouragan surgi de l'Orient s'y abattit quoique les nuages au-dessus de ma tête continuassent leur course dans une direction presque opposée. Quelques enjambées plus loin, et j'aperçus un versant entier de la montagne doré par le soleil ; et un peu au-delà encore, entre deux pics, un disque de lumière éblouissante apparut flottant dans le ciel et je me trouvai une fois de plus, face à face, avec l'immense bûcher de joie qui occupe le centre de notre système planétaire.

Je ne rencontrai qu'un être humain, cette matinée-là : un sombre voyageur d'allure militaire qui portait une carnassière attachée à un ceinturon. Il me fit une remarque qui vaut, me semble-t-il, d'être rapportée. Comme je lui demandais, en effet, s'il était protestant ou catholique :

– Oh ! fit-il, je n'ai point honte de ma religion. Je suis catholique.

Il n'avait point honte de sa religion ! La phrase est un document de naïve statistique ; c'est façon de s'exprimer, en effet, de quelqu'un de la minorité. Je pensais en souriant à Baville et à ses dragons, et qu'on peut bien fouler une religion sous les rudes sabots des chevaux pendant un siècle et ne la laisser que plus vivante après cette épreuve. L'Irlande est toujours catholique ; les Cévennes sont toujours protestantes. Une pleine corbeillée de lois et de décrets, non plus que les sabots et gueules des canons d'un régiment de cavalerie ne peuvent modifier d'un iota la liberté de penser d'un laboureur. D'apparence, les gens de la campagne n'ont pas beaucoup d'idées, mais telles qu'ils les ont, elles sont hardiment implantées et prospèrent d'une façon florissante par la persécution. Quiconque a vécu, pendant longtemps, dans la sueur des midis laborieux et sous les étoiles de la nuit, un hôte des monts et des forêts, un vieux campagnard honnête est, en fin de compte, en étroite communion avec les forces de l'univers et en amitié féconde avec son Dieu tout proche. Comme mon Frère montagnard de Plymouth, il connaît le Seigneur. Sa religion n'est point fondée sur un choix d'arguments, elle est la poésie de l'expérience humaine, la philosophie de l'histoire de sa vie. Au cours des ans, Dieu est apparu à cet homme simple comme une puissance considérable, semblable à un grand soleil qui brille ; il est devenu le substratum et l'essence de ses moindres réflexions. On peut changer d'autorité credo et dogmes ou décréter une religion nouvelle au son des trompettes, si l'on veut ; mais voici un homme qui garde ses idées personnelles et y adhère d'une manière opiniâtre, dans le bien et le mal. Il est catholique, protestant ou Frère de Plymouth, dans le même sens irrévocable qu'un homme n'est pas une femme ou une femme n'est pas un homme. Car il ne saurait changer sa croyance, à moins d'extirper tous les souvenirs de son passé et d'une manière stricte et artificielle, modifier son état d'esprit.

VI

LE CŒUR DE LA CONTRÉE

Je me rapprochais maintenant de Cassagnas, un brelan de toits noirs au versant de la montagne dans cette sauvage vallée, parmi les plantations de châtaigniers, les yeux levés dans l'air clair vers d'innombrables pics rocheux. La route qui longe la Mimente est assez récente et les montagnards ne sont pas encore revenus de leur surprise d'avoir vu le premier véhicule arriver à Cassagnas. Toutefois, bien que situé ainsi à l'écart du cours des affaires humaines, ce hameau avait déjà fait figure dans l'histoire de France. Tout près de là, dans des cavernes de la montagne, se trouvait un des cinq arsenaux de Camisards. Ils y emmagasinaient des vêtements, et des vivres et des armes en cas de besoin ; ils y forgeaient des baïonnettes et des sabres et fabriquaient eux-mêmes leur poudre à fusil, au moyen de charbon de saule et de salpêtre bouillis dans des marmites. Dans ces mêmes cavernes au milieu de cette industrie d'une grande diversité, malades et blessés étaient montés pour guérir. Là, ils étaient visités par deux chirurgiens, Chabrier et Tavan, et ravitaillés en secret par les femmes du voisinage.

Des cinq légions dans lesquelles se répartissaient les Camisards la plus ancienne et la plus obscure avait ses entrepôts près de Cassagnas. C'était la bande d'Esprit Séguier, des hommes qui avaient uni leurs voix à la sienne pour chanter le Psaume 68 la nuit qu'ils marchaient contre l'archiprêtre des Cévennes. Séguier, promu au ciel, eut pour successeur Salomon Couderc, que Cavalier, dans ses mémoires, appelle chapelain général de toute l'armée des Camisards. C'était un prophète, un grand sondeur de consciences, qui admettait les gens aux sacrements ou les éconduisait après avoir scruté attentivement chacun dans les yeux. Et il connaissait par cœur la plupart des Écritures sacrées. Ce fut certes heureux pour lui, puisque, dans un coup de main en août 1703, il perdit sa mule, ses archives et sa Bible. On s'étonne seulement que ces gens-là ne furent pas plus souvent pris par surprise, car cette légion de Cassagnas avait des théories guerrières vraiment patriarcales. Elle bivouaquait sans postes de sentinelles, laissant ce soin aux anges du Dieu pour lequel elle combattait. Ceci témoigne non seulement de la foi de ces lutteurs mais de la région dépourvue de routes où ils trouvaient asile. M. de Caladon faisant une promenade, par une belle journée, tomba à l'improviste au milieu d'eux comme il aurait pu tomber au milieu « d'un troupeau de moutons en plaine ». Certains dormaient, certains éveillés psalmodiaient. Un traître n'avait besoin de nulle recommandation pour s'insinuer dans leurs rangs ; il lui suffisait de « savoir chanter des psaumes » et même le prophète Salomon « le tenait en particulière amitié ». Ainsi vivait, parmi ses inextricables sentiers montagnards, la troupe rustique. Et l'histoire ne peut lui attribuer que peu d'exploits, en dehors des sacrements et des extases.

Des gens de cette forte et rude espèce ne seront, comme je viens de le dire, qu'inébranlables dans leur religion. Leur apostasie se réduit à de simples manifestations de conformisme extérieur, comme celle de Naaman dans la danseuse de Rimmon. Quand Louis XVI, aux termes d'un édit « convaincu de l'inutilité d'un siècle de persécutions et, plutôt par nécessité que par sympathie » leur accorda enfin la grâce royale de tolérance, Cassagnas était toujours protestant et il en est encore ainsi aujourd'hui jusqu'au dernier de ses habitants. À vrai dire, il y a une famille qui n'est pas protestante, non plus que catholique du reste. C'est celle d'un curé catholique en rébellion qui s'est marié avec une institutrice. Et sa conduite, fait à noter, est désapprouvée par les protestants du village.

– Singulière idée pour un homme, disait l'un d'eux, de se dégager de ses vœux !

Les villageois que je rencontrai semblaient intelligents selon l'acception provinciale. Ils étaient tous de mœurs honnêtes et dignes. Comme protestant moi-même, on me regardait d'un bon œil et mes connaissances historiques me valurent tout d'abord de la considération. Car, nous avions à table d'hôte, une conversation qui ressemblait fort à de la controverse religieuse, un gendarme et un commerçant avec lesquels je prenais mon repas étant tous deux étrangers à la localité et catholiques. La jeunesse de l'établissement faisait cercle autour de nous et soutenait mon point de vue. Toute la discussion était empreinte de tolérance. Elle surprenait un homme élevé au milieu des subtilités acerbes et pointilleuses de l'Écosse. Le commerçant à la vérité s'échauffa un peu et fut beaucoup moins satisfait que les autres de mon érudition historique. Quant au gendarme, il était très coulant sur toutes choses.

– On a toujours tort d'abjurer, conclut-il. Et cette remarque fut unanimement approuvée.

Telle n'était point l'opinion du prêtre et du militaire de Notre-Dame-des-Neiges. Mais cette race-ci est différente et peut-être que la même sincérité qui la poussait à la résistance la rendait-elle capable maintenant d'admettre avec bienveillance des convictions opposées. Car le courage respecte le courage. Mais là où une croyance a été foulée aux pieds, on peut s'attendre à trouver une population aux idées moyennes et mesquines. L'œuvre véritable de Bruce et de Wallace fut la réunion des deux nations, non que l'hostilité cessât immédiatement ; aux frontières des escarmouches continuèrent. Mais, au moment opportun, elles purent faire leur jonction dans un mutuel respect.

Le commerçant s'intéressa beaucoup à mon voyage. Il pensait dangereux de dormir en rase campagne.

– Il y a des loups, dit-il. Et puis, on sait que vous êtes anglais. Les Anglais ont toujours bourse bien garnie. Il pourrait fort bien venir à l'idée de quelqu'un de vous faire un mauvais parti pendant la nuit.

Je lui répondis que je n'avais point peur de tels accidents et que, en tout cas, j'estimais peu sage de s'attarder à ces craintes et d'attacher de l'importance à de menus risques dans l'organisation de la vie. La vie en soi était au moins aussi dangereuse qu'un loup et qu'il n'y avait pas lieu de prêter attention à chaque circonstance additionnelle de l'existence. Il pourrait se produire, dis-je, une rupture dans votre organisme tous les jours de la semaine. Et c'en serait fini de vous, même si vous étiez enfermé dans votre chambre à triple tour de clef.

– *Cependant,* objecta-t-il, *coucher dehors !*

– Dieu, fis-je, est partout.

– *Cependant, coucher dehors !* répéta-t-il. Et sa voix était éloquente de frayeur secrète.

Ce fut l'unique personne, au cours de mon voyage, à trouver quelque hardiesse dans un acte aussi simple quoique beaucoup le jugeassent gratuit. Une seule, par contre, témoigna d'en aimer beaucoup l'idée et ce fut mon frère de Plymouth qui s'exclama, lorsque je lui eus dit préférer dormir sous les étoiles que dans un cabaret bruyant et clos : « Maintenant, je vois que vous connaissez le Seigneur ! »

En me quittant, le commerçant me demanda une de mes cartes, car il déclarait que je pourrais lui fournir à l'avenir un sujet de conversation. Il désirait me voir prendre note de sa requête et des raisons qu'il en donnait. Et voilà son souhait ainsi accompli.

Un peu après deux heures, je traversai la Mimente et pris, vers le sud, une sente raboteuse qui grimpait au flanc d'une montagne couverte d'un éboulis de pierres et de touffes de bruyères. Au faîte, selon la coutume du pays, la sente disparaissait. Je laissai mon ânesse brouter la bruyère et partis seul à la recherche d'une route.

Je me trouvais maintenant à la séparation de deux vastes versants : derrière moi toutes les rivières coulaient vers la Garonne et l'océan Atlantique, devant moi s'étendait le bassin du Rhône. D'ici, comme des monts Lozère, on pouvait voir, par temps clair, miroiter le golfe du Lion. Et peut-être que d'ici les soldats de Salomon avaient guetté les huniers de Sir Cloudesley Shovel et le secours longtemps promis de l'Angleterre. On pouvait considérer cette crête comme située au cœur du pays des Camisards. Quatre de leurs cinq légions étaient cantonnées aux alentours, visibles les unes aux autres : Salomon et Joani au nord, Castanet et Roland au sud et lorsque Julien eut achevé sa mémorable campagne, la dévastation des hautes Cévennes, qui dura pendant octobre et novembre 1703 – quatre cent soixante villages et hameaux furent par le feu et le fer complètement anéantis – quelqu'un debout sur ce point culminant aurait contemplé une terre silencieuse, sans foyers et sans habitants. Les années et l'activité de l'homme ont maintenant relevé ces ruines. Cassagnas une fois de plus a réparé ses toits et envoie vers le ciel ses fumées domestiques. Et dans les châtaigneraies, dans les combes basses et touffues, les fermiers, à l'aise, s'en retournent, après le travail quotidien, vers leurs enfants et vers leur âtre flambant. C'était néanmoins le site sans doute le plus sauvage de toute mon excursion. Pic sur pic, chaîne sur chaîne, surgissaient vers le sud pénétrés et comme sculptés par les torrents de l'hiver et revêtus, de la base au sommet, d'une épaisseur feuillue de châtaigniers d'où émergeait, çà et là, une couronne abrupte de roches. Le soleil, qui était encore loin de son déclin, environnait d'une brume dorée le faîte des monts, cependant que la vallée était déjà plongée dans une ombre immobile et profonde.

Un très vieux berger clopinant entre une paire de cannes et portant une casquette noire de soie « liberty », comme en deuil, eût-on dit, de sa mort prochaine – m'indiqua le chemin de Saint-Germain-de-Calberte. Il y avait quelque chose de solennel dans l'isolement de cet être infirme et caduc. Où il habitait, comment il s'était hissé sur cette cime haute ou comment il se proposait d'en descendre, c'était là plus que je ne pouvais imaginer. Non loin de cet endroit, sur ma droite, se dressait le fameux Plan de Font Morte où Poul, avec son cimeterre arménien, trucidait les Camisards de Séguier. Celui-ci me semblait être une manière de Rip Van Winkle de cette guerre qui avait perdu ses Camisards fuyant devant Poul et qui errait depuis lors dans les montagnes. Ce pourrait lui être grande nouvelle d'apprendre que Cavalier s'était rendu sans conditions ou que Roland avait succombé en combattant, adossé à un olivier. Et tandis que mon imagination vagabondait de la sorte, j'entendis le vieillard me héler d'une voix chevrotante, et je le vis me faire signe, en agitant une de ses cannes, de rebrousser chemin. J'étais déjà à bonne distance de lui, mais abandonnant Modestine une fois de plus, je revins sur mes pas. Hélas ! il s'agissait d'une affaire bien banale. Le vieux monsieur avait omis de demander au colporteur ce qu'il vendait et il souhaitait réparer cet oubli.

Je lui répondis sèchement : Rien !

– Rien ? s'écria-t-il.

Je répétai : Rien, et tournai les talons. Il est bizarre de penser que peut-être suis-je ainsi devenu aussi mystérieux pour ce bonhomme qu'il l'avait été lui-même pour moi.

La route passait sous les châtaigniers et, bien que j'aperçusse quelques hameaux au-dessous de mes pieds dans la vallée et plusieurs habitations isolées de fermiers, la marche fut très solitaire tout l'après-midi et le soir s'amena promptement sous les arbres. Tout soudain j'entendis une voix de femme chanter non loin de là une vieille ballade mélancolique et interminable. Il semblait s'agir d'amour et *d'un bel amoureux*, son aimable galant. Et je souhaitai pouvoir reprendre le refrain et lui faire écho, tout en poursuivant, invisible, ma route sous bois, unissant, comme la Pippa du poème, mes pensées aux siennes. Qu'aurais-je eu à lui dire ? Peu de chose ; tout ce que le cœur requiert pourtant ; comment le monde donne et reprend, comment il ne rapproche les cœurs qui s'aiment que pour les séparer de nouveau par de lointains pays étrangers ! Mais l'amour est le suprême talisman qui fait de l'univers un jardin et « l'espérance commune à tous les hommes » annule les contingences de la vie, atteint de sa main tremblante par-delà le tombeau et la mort. Aisé à dire, certes. Puis aussi, grâce à Dieu, doux et réconfortant à croire.

Nous parvînmes enfin sur une large chaussée blanche au silencieux tapis de poussière. La nuit était venue. La lune s'était réverbérée pendant un bon moment sur la montagne d'en face, lorsque, à un tournant, mon baudet et moi nous trouvâmes dans sa pleine clarté. J'avais vidé mon eau-de-vie à Florac, car cette potion m'était devenue insupportable. Je l'avais remplacée par un volnay généreux au bouquet parfumé. Et maintenant, sur la route je bus à la majesté sacrée de la lune. Ce ne fut qu'une couple de gorgées ; pourtant, dès cet instant, je devins inconscient de mes membres et mon sang circula avec une volupté insolite. Modestine elle-même, inspirée par ce rayonnement d'astre nocturne, remuait ses menus sabots comme à plus vive cadence.

La route montait et descendait rapidement parmi les masses de châtaigniers. Nos pas soulevaient une poussière chaude qui flottait au loin. Nos deux ombres – la mienne déformée par le havresac, la sienne comiquement chevauchée par le paquetage – tantôt s'étalaient nettement dessinées devant nous, tantôt, à un tournant, s'éloignaient à une distance fantomatique et couraient comme des nuages le long des montagnes. De temps en temps, un vent tiède bruissait dans le vallon et faisait sur tous les arbres se balancer les bouquets de feuillages et de fruits. L'oreille s'emplissait d'une musique murmurante et les ombres valsaient en mesure.

Le moment d'après, la brise avait cessé d'errer et, dans la vallée entière, rien ne remuait plus que nos pieds voyageurs ; sur le versant opposé, l'ossature monstrueuse et les ravins de la montagne se devinaient vaguement au clair de lune. Et là-bas, très haut, dans quelque maison perdue, brillait une fenêtre éclairée, unique tache carrée, rougeâtre dans l'immense champ d'ombre morne de la nuit.

À un certain point, comme je marchais en contrebas par des détours rapides, la lune disparut derrière les monts et je poursuivis mon chemin dans une totale obscurité jusqu'à ce qu'un autre tournant me fît déboucher, à l'improviste, dans Saint-Germain-de-Calberte. Le village était endormi et silencieux et enseveli dans la nuit opaque. Seule, par une unique porte ouverte, une lueur de lampe s'évadait jusqu'à la route afin de me montrer que j'étais arrivé parmi les habitations des hommes. Les deux dernières commères de la soirée, bavardant encore près du mur d'un jardin, m'indiquèrent l'auberge. L'hôtelière mettait coucher ses poussins, le feu déjà était éteint qu'il fallut, non sans grommelage, rallumer. Une demi-heure plus tard, l'âne et moi aurions dû aller, sans souper, au perchoir.

VII

La dernière journée

Quand je m'éveillai (jeudi 2 octobre), entendant grande fanfare de coqs et caquetage de poules satisfaites, je me mis à la fenêtre de la chambre propre où j'avais passé la nuit. Je contemplai une matinée ensoleillée dans une vallée profonde aux plantations de châtaigniers. Il était encore de bonne heure et le chant des coqs et les lumières obliques et les ombres allongées m'incitèrent à sortir explorer les alentours.

Saint-Germain-de-Calberte est une grande paroisse d'environ neuf lieues de circonférence. À l'époque des guerres de Religion et juste avant la dévastation, elle était habitée par deux cent soixante-quinze familles dont neuf seulement étaient catholiques. Il fallut au curé dix-sept journées du mois de septembre pour aller à cheval, de maison en maison, faire un recensement. Mais la localité elle-même, quoique chef-lieu de canton, est à peine plus importante qu'un hameau. Elle s'étage en terrasses sur une pente escarpée au milieu de vigoureux châtaigniers. La chapelle protestante s'élève un peu plus bas, sur un éperon. Il y a, au centre du village, une vieille et curieuse église catholique.

C'est en ce lieu que le pauvre du Chayla, martyr du Christ, avait sa bibliothèque et tenait école de missionnaires. Ici, il avait édifié son tombeau, pensant reposer au sein d'une population reconnaissante d'avoir été rachetée de l'erreur et c'est ici qu'au lendemain de sa mort on apporta, pour l'inhumer, le corps percé de cinquante-deux blessures. Revêtu de ses habits sacerdotaux, il fut exposé en grand apparat dans l'église. Le curé, empruntant son texte au livre second de Samuel, chapitre vingtième, verset douzième, « Et Amasias baignait dans son sang sur le grand chemin », prêcha un sermon pathétique. Il exhorta ses frères à mourir, chacun à son poste comme leur infortuné pasteur. Au mitan de cette éloquence, le bruit court qu'Esprit Séguier approche et voilà que toute l'assistance saute en selle et détale qui à l'est, qui à l'ouest et le curé lui-même s'enfuit jusqu'à Alais.

Étrange était la situation de cette petite métropole catholique – un diminutif de Rome – dans pareil milieu sauvage et hostile. D'une part, la légion de Salomon la surveillait de Cassagnas, d'autre part, elle était coupée de tout secours par la légion de Roland, à Mialet. Le curé Louvrelenil, bien que pris de panique aux funérailles de l'archiprêtre et qu'il eût prestement décampé vers Alais, restait fidèle à sa chaire isolée. De là, il fulminait contre les crimes des protestants. Salomon assiégea le village pendant une heure et demie, puis battit en retraite. On pouvait entendre les miliciens postés en sentinelles devant la porte du curé chanter dans l'obscurité des psaumes protestants et bavarder en amis avec les insurgés. Au matin, bien que pas un coup de feu n'eût été tiré, il n'y avait plus une once de poudre dans leurs poires à munitions. Qu'était-elle devenue ? Tout le monde prêtait la main aux Camisards en compensation. Gardiens peu sûrs pour un prêtre isolé !

L'imagination se figure à grand-peine que Saint-Germain-de-Calberte ait pu être autrefois la scène de ces agitations incessantes. Tout y est maintenant si paisible. Les pulsations de la vie humaine battent maintenant d'un rythme si discret et si lent dans ce hameau de la montagne ! Des gamins m'escortèrent un bon moment à distance, comme eût-on dit, des chasseurs timorés de lions. Des gens se retournèrent pour me regarder une deuxième fois ou sortirent de chez eux pendant que je passais devant leur demeure. Mon arrivée était, eût-on cru, le premier événement survenu depuis le temps des Camisards. Il n'y avait rien de désobligeant ni d'effronté dans cette curiosité. C'était tout bonnement une surprise qui les étonnait et leur faisait plaisir, comme à des bœufs ou à des enfants. Elle m'était pourtant fastidieuse et me fit bientôt déserter la rue.

Je me réfugiai sur les terrasses qui forment comme un vert tapis de gazon et tentai vainement d'imiter au crayon les inimitables attitudes des châtaigniers qui dressaient haut leurs dômes de verdure. Par instants soufflait un vent léger et les châtaignes dégringolaient dans l'herbe autour de moi avec un bruit assourdi. Ce bruit était comparable à celui d'une chute de gros grêlons, mais celui-ci portait en lui l'impression cordiale et humaine d'une récolte proche et de fermiers heureux du résultat. En levant les yeux, je pouvais voir les fruits bruns dans leurs bogues épineuses à demi ouvertes déjà et entre les troncs le regard embrassait un cirque de montagnes dorées par le soleil et vertes de feuillage.

Je n'ai pas souvent éprouvé tant d'intime satisfaction en présence d'un site. Je me mouvais dans une atmosphère délicieuse et me sentais allègre et tranquille et heureux. Peut-être n'était-ce point l'endroit seul qui me rendait l'esprit ainsi dispos. Peut-être quelqu'un dans un autre pays pensait-il à moi. Ou peut-être une de mes pensées avait-elle surgi spontanément et s'était-elle évanouie à mon insu, qui me faisait du bien. Car certaines pensées – et assurément les plus belles – s'effacent avant qu'il nous soit possible d'en déterminer les traits exacts, comme si un dieu, cheminant par nos grand-routes vertes, ne faisait qu'entrouvrir la porte de la maison, lancer un coup d'œil souriant à l'intérieur et s'éloigner pour toujours. Est-ce Apollon ? Ou Mercure ? Ou l'Amour aux ailes repliées ? Qui peut le dire ? Mais nous vaquons plus allègres à nos besognes et sentons paix et joie en nos cœurs.

Je dînai en compagnie de deux catholiques. Ils tombèrent d'accord pour condamner un jeune catholique qui, ayant épousé une protestante, avait adhéré à la religion de sa femme. Un protestant de naissance, ils pouvaient le comprendre et l'estimer. En fait, ils semblaient partager l'état d'esprit d'une vieille catholique qui m'assurait le même jour qu'il n'y avait pas de différence entre les deux croyances, excepté que « ce qui était mal était plus mal pour les catholiques » qui avaient plus de lumière et de conseils. Or, cette désertion d'un homme les remplissait d'un vrai mépris.

– Fâcheuse idée pour un homme d'abjurer ! disait l'un.

Cela pouvait être fortuit, mais on voit comme cette phrase me poursuivait. Quant à moi, je crois qu'elle est la philosophie courante de ces gens-là. Il m'est difficile d'en imaginer une meilleure. Ce n'est point bien haut degré de confiance chez un homme d'abdiquer sa foi et d'abandonner sa famille spirituelle pour l'amour du ciel. Mais il y a grande chance, dis-je, il y a espoir aussi, qu'en dépit de cette conversion aux yeux des hommes, il n'y ait point modification de l'épaisseur d'un cheveu au regard de Dieu. Honneur à ceux qui agissent ainsi, car l'arrachement est pénible ! Mais que ce soit par force ou faiblesse sous le coup de l'inspiration ou de la folie, c'est l'indice de quelque étroitesse d'esprit chez ceux qui peuvent s'intéresser assez à de semblables et infimes nuances d'âme ou qui peuvent délaisser une amitié pour un bénéfice spirituel tout problématique. Et je pense que je ne voudrais pas abandonner mon vieux credo pour un autre, en ne faisant que changer des mots pour d'autres mots, mais pour un courageux examen le comprendre en esprit et en vérité afin de reconnaître comme mauvais ce qui est mauvais pour moi comme pour les meilleurs sectateurs des autres confessions religieuses.

Le phylloxéra dévastait le pays. Au lieu de vin, on but, au dîner, un jus de raisin plus économique, *la Parisienne*, comme on le nommait. Elle se fabrique en mettant une grappe entière dans un bocal rempli d'eau. L'un après l'autre, les grains fermentent et éclatent. La quantité bue pendant le jour est remplacée par son volume d'eau durant la nuit. Ainsi avec une autre cruche puisée au puits et toujours une autre grappe qui explose et abandonne sa force, une caisse de Parisienne peut suffire à une famille jusqu'au printemps. C'est comme on peut le conjecturer une maigre boisson, mais fort agréable au goût.

Quoi qu'il en soit, après le dîner et le café, il était passé trois heures à mon départ de Saint-Germain-de-Calberte. Je descendis au bord du Gardon de Mialet, large lit de torrent à sec et je traversai Saint-Étienne de la Vallée française, ou Val Francesque comme on a coutume de l'appeler ici, puis, vers le soir, je commençais de gravir le mont Saint-Pierre. Longue et pénible ascension ! Sur mes derrières, un chariot vide rentrant à Saint-Jean-du-Gard me suivait de près et me rejoignit non loin du sommet. Le conducteur, comme tout le reste du monde, était convaincu que j'étais un colporteur mais à l'encontre des autres, il était sûr de ce que je vendais. Il avait remarqué la laine bleue qui dépassait à l'un ou l'autre bout de mon paquetage. Il en avait conclu, malgré mes efforts pour modifier son opinion, que je faisais commerce de ces colliers de laine bleue pareils à ceux qui ornent l'encolure des chevaux de trait en France.

J'avais pressé Modestine, au-delà même de ses forces, car j'étais extrêmement désireux de jouir de la vue sur l'autre versant avant la tombée du jour. Pourtant il faisait nuit, lorsque j'atteignis la cime. La lune voguait haute et claire dans l'espace et il n'y avait plus que quelques stries grisâtres de crépuscule attardées au couchant. Une vallée béante, comblée de ténèbres, approfondissait à mes pieds un gouffre creusé dans la nature. Mais le profil des monts se découpait franchement sur le ciel, notamment le mont Aigoal, forteresse de Castanet. Et Castanet, non seulement comme chef actif et entreprenant, mérite une mention parmi les Camisards : à ses lauriers se mêle une touffe de roses. Il montra, en effet, comment même dans une tragédie publique, l'amour arrive à ses fins. Au plus fort de la guerre, il épousa, dans sa citadelle des montagnes, une jeune et jolie fille, appelée Mariette. Il y eut de grandes réjouissances et le marié, en l'honneur de l'heureux événement, libéra soixante-dix prisonniers. Sept mois plus tard, Mariette, la princesse des Cévennes comme on la nommait par dérision, tomba aux mains des autorités, ce qui équivalait pour elle à la mort. Mais Castanet était un homme résolu et il aimait sa femme. Il fonça sur Valleraugue et en emmena une dame comme otage. Pour la première et dernière fois au cours de cette guerre, il y eut échange de prisonniers. Leur fille, gage de quelque nuit étoilée sur le mont Aigoal, a laissé des descendants jusqu'à aujourd'hui.

Modestine et moi – ce fut notre dernier repas ensemble – nous cassâmes la croûte sur le faîte du Saint-Pierre, moi assis sur un tas de cailloux, elle debout à mon côté au clair de lune et, comme une personne distinguée, recevant le pain de mes mains. La pauvre bête mangeait mieux ainsi, car elle avait pour moi une sorte d'affection que j'allais bientôt trahir.

Long trajet que la descente à Saint-Jean-du-Gard ! Nous n'y rencontrâmes personne, sauf un charretier, visible de loin au reflet de la lune sur sa lanterne éteinte. Avant dix heures, nous étions arrivés et en train de souper. Nous avions parcouru quinze milles et gravi une montagne escarpée en un peu plus de six heures.

VIII

ADIEU, MODESTINE !

À l'examen, le matin du 4 octobre, Modestine fut déclarée hors d'état de poursuivre le voyage. Elle aurait besoin d'au moins deux jours de repos, d'après le garçon d'écurie. Or, j'étais maintenant pressé d'arriver à Alais pour mon courrier. Comme je me trouvais à présent dans une région civilisée avec service d'omnibus, je décidai de vendre mon amie et de partir par la diligence de l'après-midi. Notre trotte de la veille, au témoignage du charreton qui nous avait suivis pendant toute la montée du Saint-Pierre, donnait une idée avantageuse des capacités de ma bourrique. Des acquéreurs éventuels escomptèrent une occasion sans précédent. Avant dix heures, j'avais une offre de vingt-cinq francs et avant midi, après un engagement téméraire, je la vendis, le bât et tout l'attirail, pour trente-cinq francs. Le gain pécuniaire n'était pas évident, mais j'avais, par ce marché, acquis ma liberté.

Saint-Jean-du-Gard est une localité importante et en majeure partie protestante. Le maire, un protestant, me demanda de l'aider, en une petite circonstance caractéristique des habitudes de l'endroit. Les jeunes femmes des Cévennes profitent d'une similitude de religion et de la différence de parler pour se placer en grand nombre comme gouvernantes en Angleterre. Il y en avait une, originaire de Mialet, qui se débattait avec les circulaires de deux agences rivales de Londres. Je lui rendis tous les services en mon pouvoir et donnai, en plus, quelques conseils qui me parurent d'excellente opportunité.

Une chose en outre à noter. Le phylloxéra avait ravagé les vignobles des environs et, dans le prime matin, sous quelques châtaigniers en bordure de la rivière, j'aperçus un groupe d'individus actionnant un pressoir à pommes. Je ne parvenais pas à comprendre où ils en voulaient venir et demandai à l'un des types de me l'expliquer.

– Faire du cidre, répondit-il. *Oui, c'est comme ça. Comme dans le Nord.*

Il y avait dans son ton une pointe sarcastique. Le pays allait à la diable.

Ce ne fut qu'après être bien installé auprès du conducteur et roulant à travers un vallon rocailleux aux oliviers rabougris que j'eus conscience qu'il me manquait quelque chose. J'avais perdu Modestine. Jusqu'à cet instant, j'avais cru la détester ; mais à présent qu'elle était partie « Ah ! quel changement pour moi ! ».

Pendant douze jours nous avions été d'inséparables compagnons ; nous avions parcouru sur les hauteurs plus de cent vingt kilomètres, traversé plusieurs chaînes de montagnes considérables, fait ensemble notre petit bonhomme de chemin avec nos six jambes par plus d'une route rocailleuse et plus d'une piste marécageuse. Après le premier jour, quoique je fusse souvent choqué et hautain dans mes façons, j'avais cessé de m'énerver. Pour elle, la pauvre âme, elle en était venue à me considérer comme une providence. Elle aimait manger dans ma main. Elle était patiente, élégante de formes et couleur d'une souris idéale, inimitablement menue. Ses défauts étaient ceux de sa race et de son sexe ; ses qualités lui étaient propres. Adieu, et si jamais…

Le père Adam pleura quand il me la vendit. Quand je l'eus vendue à mon tour, je fus tenté de faire de même. Et comme je me trouvais seul avec le conducteur du coche et quatre ou cinq braves jeunes gens, je n'hésitai pas à céder à mon émotion.

CHRONOLOGIE

1850 : Naissance de Robert Louis Stevenson le 13 novembre, à Édimbourg.

1852 : Arrivée de la nurse Alison Cunningham, que l'enfant surnommera Cummy. Particulièrement dévouée à l'enfant maladif, elle développera son imagination et enrichira son affectivité.

1857 : Stevenson entre à l'école (Henderson's Preparatory School, à Édimbourg). Études souvent interrompues par la maladie.

1860 : Décès du pasteur Lewis Balfour, père de la mère de Stevenson, chez qui l'enfant avait fait de très nombreux séjours.

1862-1863 : Avec ses parents, Stevenson voyage sur le continent (Allemagne, Italie, France : passage à Menton). Écriture de textes divers dans une revue manuscrite : l'intérêt de Stevenson pour les récits d'aventures s'annonce.

1867 : Stevenson entre à l'université d'Édimbourg où il doit préparer un diplôme d'ingénieur. Peu appliqué aux études, il mène une vie assez dissolue : l'influence morale de sa famille va diminuer.

1870 : Liaison de Stevenson avec une prostituée qu'il envisage d'épouser.

1871 : Abandonnant les études scientifiques, Stevenson s'oriente vers le droit dans le dessein d'accroître ses loisirs pour se donner le temps d'écrire. Publication d'essais dans la revue de l'université.

1872 : Examens de droit. Voyage en Allemagne.

1873 : Stevenson se déclare agnostique et heurte ainsi son père. Malade, Stevenson va passer quelque temps dans le Suffolk où il rencontre son futur ami Sidney Colvin, professeur d'histoire de l'art à Cambridge, et Fanny Stiwell dont il sera amoureux. Départ pour Menton en novembre.

1874 : Retour en Écosse et séjours à Londres chez Sidney Colvin. Croisière avec son riche ami Walter Simpson. Stevenson fait de nombreuses lectures et écrit pour le *Cornhill Magazine.*

1875 : Stevenson devenu avocat ne pratique pas sa profession. Il fait la connaissance de William Henley, son futur collaborateur et ami. Rend visite en France à son cousin Bob Stevenson (séjours à Barbizon, à Grez).

1876 : Stevenson séjourne à Londres. Il quitte la maison paternelle, retourne en France à Grez où il fait la connaissance de Fanny Osbourne (1837-1911), artiste américaine séparée de son mari.

1877 : Séjour à Londres ; à Paris, Stevenson retrouve Fanny Osbourne. Stevenson publie sa première nouvelle. Il achète une péniche amarrée sur le Loing.

1878 : Stevenson publie des nouvelles et *An Inland Voyage* où il relate son expédition en canoë sur les canaux du nord de la France faite en 1876. Traversée des Cévennes avec un âne. Fanny Osbourne repart pour l'Amérique.

1879 : Publication de *Travels with a Donkey in the Cévennes.* Stevenson part pour New York en août. Il traverse les États-Unis pour rejoindre Fanny Osbourne en Californie, où il travaille comme journaliste à Monterey.

1880 : Divorce de Fanny Osbourne et mariage de Stevenson avec elle qui a deux enfants, Isabelle et Samuel Lloyd. Le père de Stevenson lui assure une rente. Séjour du couple dans les montagnes, puis retour en Grande-Bretagne. Publication de *Deacon Brodie*, pièce écrite en collaboration avec Henley.

1881 : Publication du recueil d'essais *Virginibus Puerisque.* Séjour à Davos. Début de l'écriture de *Treasure Island* en Écosse et achèvement du roman en Suisse.

1882 : Les Stevenson sont à Davos, qu'ils quittent pour Londres (publication de *Familiar Studies of Men and Books*), puis pour l'Écosse. Publication de *New Arabian Nights* en juillet. Séjour, à la fin de l'année, près de Marseille et à Nice.

1883 : Les Stevenson s'installent au chalet « La Solitude » à Hyères, passent l'été à Royat. Publication de *Treasure Island.*

1884 : Retour en Angleterre et installation à Bournemouth. Stevenson malade. Publication de *Silverado Squatters*, de *Austin Guinea* et de *Beau Austin.*

1885 : Visites de Henry James chez Stevenson à Bournemouth qui habite avec Fanny à « Skerryvore » – leur maison est un cadeau de mariage du père de l'auteur à sa belle-fille. Publication de *The Dynamiter*, de *More New Arabian Nights*, de *Prince Otto*, de *A Child's Garden of Verses*, de *Macaire.*

1886 : Publication de *The Strange Case of Dr. Jekyll and Mr. Hyde* ainsi que de *Kidnapped* (premier roman écossais de Stevenson). Brève visite à Paris avec Henley.

1887 : Thomas Stevenson, né en 1818, père de l'auteur, meurt en mai. Départ du romancier pour l'Amérique en août, en compagnie de sa femme, de son beau-fils Samuel Lloyd et de sa mère Margaret, née Balfour. Installation temporaire sur les bords du lac Saranac dans l'État de New York où *The Master of Ballantrae* est commencé. Publication de *Memories and Portraits*, de *A Memoir of Fleeming Jenkin.*

1888 : Départ de Fanny pour la Californie. Querelle avec Henley. Arrivée de l'auteur en juin à San Francisco et départ en famille à bord du *Casco* pour un voyage dans le Pacifique. Publication de *Black Arrow.* De passage aux Marquises en juillet et en août puis séjour en septembre aux Tuamotu. Un mois à Papeete.

1889 : La mère de l'auteur rentre en Écosse. Celui-ci est à Honolulu où *The Master of Ballantrae* est achevé. Publication de ce livre, et de *The Wrong Box*. Voyage aux îles Gilbert sur l'*Equator*, puis achat d'un terrain aux Samoa (à Opulu, domaine d'Apia) : Stevenson fera édifier sa résidence de Vailima sur ce terrain. Séjour en Australie pendant quelques mois.

1890 : Stevenson quitte l'Australie et voyage dans le Pacifique (îles Gilbert, îles Marshall, Nouvelle-Calédonie). Il repasse par l'Australie avant de retourner à Opulu pour son installation définitive en octobre. Sa mauvaise santé lui interdit de quitter les climats tropicaux. Publication de *In the South Seas*, de *Ballads.*

1891 : Stevenson fait un voyage jusqu'à Sydney où il va chercher sa mère revenue d'Écosse pour s'installer avec lui à Vailima.

1892 : Publication de *The Wrecker*, de *A Footnote to History*, de *Across the Plains.* Stevenson prend un intérêt très actif aux querelles politiques de son pays d'adoption.

1893 : Guerre civile à Samoa. Stevenson milite en faveur des indigènes opprimés. Voyage à Sydney en février, à Honolulu en septembre et octobre. Publication de *Island Nights' Entertainments* et de *Catriona* qui est la suite de *Kidnapped.*

1894 : Publication de *The Ebb-Tide.* Stevenson abandonne *St Ives* et commence *Weir of Hermiston.* Grandes fêtes et gratitude des indigènes exprimée pour l'anniversaire de l'écrivain qui meurt d'une crise d'apoplexie le 3 décembre.

BIBLIOGRAPHIE

Éditions du Voyage avec un âne dans les Cévennes *en anglais*

Travels with a Donkey in the Cévennes, Londres, Kegan Paul, 1879.

Travels with a Donkey in the Cévennes and the Amateur Emigrant, éd. C. MacLachlan, Londres, Penguin Classics, 2004.

Travels with a Donkey in the Cévennes, Londres, The Echo Library, 2006.

Éditions du Voyage avec un âne dans les Cévennes *en français*

Voyage avec un âne dans les Cévennes, trad. Fanny W. Laparra, Librairie Stock, 1925.

Voyage avec un âne dans les Cévennes, trad. G. Lhomme, Aurillac, Éditions de la Butte aux Cailles, 1987.

Voyage avec un âne dans les Cévennes : Périple illustré, éd. J.-M. Gazagne et M. Gibelin, Sayat, Éditions de Borée, 2005.

Voyage avec un âne dans les Cévennes, photographie de N. Warolin, Arles, Éditions du Rouergue, 2007.

Articles et ouvrages généraux sur Stevenson

Chesterton, Gilbert Keith, *Robert Louis Stevenson* (1927), trad. M. Le Péchoux, Lausanne, L'Âge d'Homme, 1994.

Duperray, Max (dir.), *Europe*, numéro 779 consacré à Stevenson, mars 1994.

Jacquette, Rodolphe, *Tusitala : la vie aventureuse de R.L. Stevenson*, Seghers, 1980.

James, Henry, « Robert Louis Stevenson » (1888), in *L'Île au trésor et autres récits*, Robert Laffont, « Bouquins », 2010.

LE BRIS, Michel, *Robert Louis Stevenson*, t. I : *Les Années bohémiennes : 1850-1880*, NiL, 1994.
LE BRIS, Michel (dir.), *Cahier de L'Herne Robert Louis Stevenson*, L'Herne, 1995.
LE BRIS, Michel, *Pour saluer Stevenson*, Flammarion, 2000.
NAUGRETTE, Jean-Pierre, *Robert Louis Stevenson : l'aventure et son double*, Presses de l'École normale supérieure, « Off-Shore », 1987.
SCHWOB, Marcel, « Robert Louis Stevenson », *Spicilège*, Mercure de France, 1896.
TADIÉ, Jean-Yves, « Stevenson », in *Le Roman d'aventures*, PUF, « Écriture », 1982.

AUTOUR DU VOYAGE AVEC UN ÂNE DANS LES CÉVENNES

POINDRON, Éric, *Belles étoiles, Voyage avec Stevenson dans les Cévennes*, Flammarion, 2001.
STEVENSON, Robert Louis, *Correspondance*, t. I : *Lettres du vagabond*, NiL, 1994.
STEVENSON, Robert Louis, *Journal de route en Cévennes*, éd. G. Golding et J. Poujol, Toulouse, Privat, 2002.
Voyage avec un âne dans les Cévennes, téléfilm de J. Kerchbron, 1975.

TABLE

VOYAGE AVEC UN ÂNE DANS LES CÉVENNES

LE PAYS DES CAMISARDS

Cet ouvrage a été mis en pages

<pixellence>

Imprimé en France par Maury Imprimeur
N° d'édition : L.01EHPN000836.A003
Dépôt légal : juin 2017
N° d'impression : 246863